Klarant Verlag

Marc Freund wuchs in Osterholz auf, direkt an der Ostseesteilküste gelegen, die schon von Kindesbeinen an eine große Faszination auf ihn ausübte. Und so spielen viele seiner Geschichten am Meer, dem er sich sehr verbunden fühlt.

Regelmäßig zieht es den Krimiautor auch auf die andere Seite der Küste – an die Nordsee. Derzeit vor allem auf die bezaubernden Inseln Langeoog und Spiekeroog, wo seine Ostfrieslandkrimis spielen.

Seit 2010 ist Marc Freund für verschiedene Verlage tätig. Daneben wurde er auch als Hörspielautor bekannt. Weit über 300 Veröffentlichungen für die unterschiedlichsten Reihen und Serien gehen bisher auf sein Konto.

Marc Freund

Langeooger Geheimnisse

Die Inselkommissare

Ostfrieslandkrimi

Klarant Verlag

»Bei der Laterne woll'n wir steh'n,
wie einst, Lili Marleen,
wie einst … Lili Marleen.«

Text von Hans Leip

Kapitel 1

Als er seinen linken Fuß, von Bord der Fähre kommend, auf die Insel setzte, spürte er ein Hochgefühl in sich aufkeimen. Eine Art Optimismus, der ihm Zuversicht und Hoffnung verlieh. Dieses Gefühl hatte mit ihm selbst zu tun, aber auch mit seinem Auftrag, der ihn nach Langeoog geführt hatte. Natürlich hatte es diese Insel sein müssen, das verstand sich von selbst.

Ein flüchtiges Lächeln huschte über Fabers Gesicht, als er daran dachte. Mit einem fast zärtlichen Blick sah er auf den schwarzen Lederaktenkoffer hinunter, dessen Inhalt ihn vielleicht nicht gerade reich, aber doch ein gutes Stück reicher machen würde, als er es im Augenblick war. Die Wirklichkeit sah eher so aus, dass er vom Wohlstand so weit entfernt war wie Frisia Emden vom Aufstieg in die Erste Bundesliga. Aber das kümmerte ihn nicht. Nicht heute. Nicht einmal das Wetter, das sich ausnahmsweise von seiner schlechtesten Seite zeigte, konnte etwas an seinem rätselhaft positiven Zustand ändern.

Gerade ging ein heftiger Regenschauer über die ostfriesische Insel nieder. Der Wind trieb den dichten Schleier erbarmungslos von West nach Ost und ließ ihn über die aufgewühlte See streifen wie ein rastloses Gespenst.

Auf Langeoog stand der Langeoog-Express bereit, um die wenigen Fahrgäste aufzunehmen, die sich an diesem späten Nachmittag noch auf die Insel trauten.

Einige von ihnen hatten Regenschirme dabei. Ein Mann hastete mit einer dünnen Aktenmappe über dem Kopf zu einem der bunten Personenwagen und verschwand kurz darauf im Innern. Eine junge Mutter mit zwei etwa sechsjährigen Zwillingen schob ihre Kinder auf die Bahn zu, damit sie wenigstens noch eine trockene Faser am Leib behielten.

Auch Faber begann seine Schritte zu beschleunigen, obwohl er es nicht eilig hatte und ihm der Regen im Grunde nichts ausmachte. Es war, als gehorchte er in diesem Augenblick willkürlich aufgestellten Regeln, die nur hier am Bahnsteig galten. Sein plötzlich aufkommender Vorwärtsdrang fand ein vorläufiges jähes Ende, als er in eine andere Person hinein rannte, die offenbar genau wie er nicht auf ihren Weg geachtet hatte.

Mit einem überraschten Laut prallte Faber zurück und blickte in das regennasse Gesicht einer jungen Frau, die ihn aus großen Augen ansah.

»Ups«, entfuhr es ihm, und er registrierte, dass die Frau mit ihrer Umhängetasche Mühe hatte, das Gleichgewicht zu halten. Entschlossen trat er einen Schritt vor und fasste sie am Arm, ehe sie lang auf dem Bahnsteig hinschlagen konnte.

»Danke«, antwortete sie, als sie wieder sicher stand. Sie lächelte und blies sich eine nassdunkle Haarsträhne aus dem Gesicht.

»Wofür«, fragte Faber. »Dafür, dass ich Sie angerempelt habe?« Er lächelte.

»Es war meine Schuld«, antwortete sie. »Ich habe nicht auf den Bahnsteig geachtet. Ich wollte nur noch in den Zug.«

Der Regen prasselte rings um sie herum auf den Beton. Er rann bereits aus ihren Haaren, tropfte von ihren Kinnspitzen, doch sie beide schienen keine Notiz davon zu nehmen.

Während das Gerenne um sie herum schnell abebbte und die spärlich gesäten Reisenden in den Wagen verschwanden, bildeten Faber und die junge Frau, die fast noch ein Mädchen war, eine Insel inmitten des peitschenden Regens, der auf den Bahnsteig klatschte und in Millionen feiner Tröpfchen in alle Richtungen versprengt wurde.

Faber deutete auf die offene Tür des orangefarbenen Wagens. »Wenn wir nicht gleich einsteigen, fährt der Zug ohne uns, und wir werden nass bis auf die Knochen.«

»Ich finde den Regen herrlich«, sagte sie und legte demonstrativ ihren Kopf in den Nacken. »Es war die letzten Tage so unglaublich heiß, auch drüben in den Staaten schon. Ich finde, er ist eine wohltuende Abkühlung.«

»Kann sein«, gab Faber skeptisch zurück und blickte sehnsüchtig zu der einladend offen stehenden Tür. »Aber ich

7

fürchte, der Zugführer wird trotzdem keine Rücksicht auf uns nehmen.« Er vollführte eine einladende Geste.

Die junge Frau lächelte und setzte sich in Bewegung. Als sie in den Wagen stieg, bemerkte Faber ihre schlanke Gestalt. Ihr leichtes Sommerkleid klebte wie eine zweite Haut an ihr und ihr dunkles Haar hing ihr in Strähnen herab, was ihr einen verwegenen Ausdruck verlieh.

Wie sich herausstellte, hatten sie das große Abteil ganz für sich allein, da sich die von der Anlegestelle kommenden Gäste, aufgrund des plötzlich einsetzenden Platzregens, alle näher gelegene Wagen ausgesucht hatten.

Faber ließ sich auf eine Bank direkt hinter dem Einstieg sinken und legte seinen Koffer auf den Nebensitz. Er strich sich das blonde Haar aus der Stirn und fühlte dabei die Nässe zwischen seinen Fingern.

Die junge Frau setzte sich auf die gegenüberliegende Seite und wählte einen Platz, der ihnen beiden Blickkontakt erlaubte. Sie trug nur eine kleine Bauchtasche bei sich, aus der sie ein Päckchen amerikanische Kaugummis zog, einen Streifen auswickelte und ihn sich in den Mund steckte.

»Wollen Sie auch?« Sie hatte ihre rechte Hand in seine Richtung ausgestreckt.

Faber verneinte und lächelte dabei.

Der Zug stand nach wie vor still auf dem Gleis. Wie aus weiter Ferne waren gedämpfte Geräusche aus dem vorderen Nachbarwaggon zu hören. Stimmengemurmel, Kinderlachen und hin und wieder ein polternder Laut.

Noch immer prasselte der Regen auf den Bahnsteig, der nun vollkommen verwaist war.

»Kommen Sie direkt aus den USA?«, fragte Faber, nachdem er sich zurückgelehnt und in seiner klammen Jeans endlich eine bequeme Sitzposition gefunden hatte.

»Aus Philadelphia«, antwortete sie kauend. »Ich habe eine Tante, die auf Langeoog lebt. Verrückt, was?«

Mit einem leichten Ruck setzte sich der Langeoog-Express in Bewegung, und der Bahnsteig zog zunächst quälend langsam, dann jedoch immer schneller an ihnen vorbei, bis er außer Sichtweite geriet.

Die Insel lag unter einer grauen Wolkendecke. Alles wirkte eine Spur trister als bei hellem Sonnenlicht.

»Zu Hause sind gerade die Semesterferien angebrochen«, fuhr die junge Frau fort. »So verbringe ich eine Woche oder zwei bei meiner Familie. Na ja, genau genommen ist es das zweite Mal, dass ich meine Tante sehe. Bei unserer ersten Begegnung war ich noch zu klein, nicht mal zwei Jahre alt.«

»Was studieren Sie?«, fragte Faber, nicht nur aus Höflichkeit, sondern weil er feststellte, dass ihn die Frau mehr und mehr zu interessieren begann.

Sie hatte ihren linken Fuß hochgestellt, sodass ihr Kleid leicht auffächerte. Sein Blick wanderte an ihren sportlichen Waden hinauf bis zum Ansatz ihrer nackten Schenkel.

Während sie ihren Blick gesenkt hielt, um aus ihrer Bauchtasche ein Paar kabelloser Kopfhörer zu kramen, antwortete sie: »Englisch, Kunstgeschichte und Amerikanische Literatur.« Sie sah plötzlich zu ihm auf und verzog das Gesicht.

Faber dachte zunächst, sie hätte ihn ertappt, wie sein Blick noch immer zwischen ihren Beinen klebte, doch ihre nächsten Worte zeigten, dass dem offenbar nicht so war.

»Kunstgeschichte musste ich mehr oder weniger dazu wählen, obwohl es mich nicht so sehr interessiert. Alles in allem ist dieses Bundle aber ganz okay. Und Sie?«

Sie hielt für einen Moment mitten im Kauen inne, weil sie ihn zu mustern schien, als wolle sie abschätzen, was mit ihm los war.

»Was meinen Sie?«, fragte Faber.

»Na ja, Sie sehen mir nicht wie ein Tourist aus. Wohnen Sie auf der Insel oder besuchen Sie Freunde?«

»Weder noch«, gab er zurück. »Ich habe gewissermaßen geschäftlich hier zu tun.«

»Gewissermaßen?« Ihre rechte Augenbraue hob sich mit einem fragenden Ausdruck. »Das heißt, Sie wissen es noch nicht? Oder wie?«

»Das bedeutet, dass ich noch nicht genau weiß, was drin ist, in diesem Geschäft.« Faber hob seine rechte Hand und ließ Daumen und Zeigefinger die kleinste Geige der Welt spielen.

Sie nickte und unterdrückte ein Gähnen, während sie sich ihre Kopfhörer in die Ohren stopfte.

»Sorry«, sagte sie mit einem leichten Schulterzucken, »aber ich habe die letzten achtzehn Stunden keinen Schlaf bekommen.«

»Schon gut. Ich werde leise sein und dabei ein wenig auf Sie aufpassen.« Faber blickte demonstrativ durch das leere Abteil. Erst in diesem Augenblick registrierte sie offenbar, dass außer ihnen beiden niemand mehr eingestiegen war. Die Tatsache schien sie jedoch nicht sonderlich zu stören.

»Würden Sie mich vielleicht wecken, wenn wir da sind und ich es nicht mitbekommen sollte?«

»Natürlich. Schlafen Sie ein bisschen, wenn Sie können. Allerdings dauert die Fahrt nicht sonderlich lange. Nur ein paar Minuten.« Er zwinkerte ihr zu.

Sie lächelte und drückte ihren Rücken ein wenig tiefer in die Sitzpolster. Kaum dass sie bequem saß, fielen ihr auch bereits die Augen zu.

Faber sah sie an und fühlte plötzlich etwas, von dem er immer geglaubt hatte, dass er es nicht besaß. Eine Art Beschützerinstinkt machte sich in ihm breit, schien ihn für einen Moment sogar gänzlich auszufüllen.

Wieder bemerkte er, wie hübsch, wie attraktiv sie war und welch einen zerbrechlichen Eindruck sie machte, als sie so dasaß, den Kopf leicht gegen die Scheibe gelehnt und schlief.

Ihr Gesicht hatte vollendete Züge, fein geschnitten, mit einer zarten Nase. Dazu volle Lippen, die nur minimal, wenn überhaupt, geschminkt waren. Sie war gute zehn Jahre jünger als er. Faber ertappte sich dabei, wie er an Liebe auf den ersten Blick dachte. Und zugleich wusste er, dass derlei Gedanken absolut tabu waren. Seine Verlobte befand sich bereits auf Langeoog und erwartete ihn.

Ein leiser Stich durchzuckte ihn, als er an Doreen dachte. Es war in den letzten Wochen – oder waren es sogar schon Monate – nicht gut gelaufen zwischen ihnen.

Faber hatte nacheinander zwei aussichtsreiche Jobs in den Sand gesetzt, die ihr Vater ihm besorgt hatte. Das zweite Mal hatte es ihn sichtlich Überwindung gekostet, und es war so klar wie nur irgendetwas, dass es ein drittes Mal nicht geben würde. Dabei hatte er sich für seine Verhältnisse wirklich Mühe gegeben. Aber er war nun mal nicht dafür gemacht, an einem Schreibtisch irgendwo in einem Großraumbüro zu sitzen und dort zwischen Flachbildschirmen und Nerds allmählich zu vergammeln. Ein Untoter in einer Armee aus willenlosen Zombies, die täglich an ihren Platz wankten, um sich nach acht oder zehn Stunden wieder von dort zu erheben und in irgendeinem dunklen Loch verschwanden, aus dem sie bei Tagesanbruch wieder hervorgekrochen kamen.

Was er brauchte, war ein gewisser Reiz. Ein Abenteuer. Ja, dachte er, vielleicht war er einer der Letzten, die ihr Leben noch als solches bezeichneten.

Wie er an den Inhalt seines Koffers gelangt war – das war einem Abenteuer gleichgekommen. Die ganze Angelegenheit war bizarr, eigentlich sogar vollkommen verrückt. Eine Sache, von der viele nur träumen konnten, und die vielleicht nur einmal in hundert Jahren oder mehr passierte. Aber es gab sie noch, diese Zufälle. Und er hatte einfach das Glück gehabt, zur rechten Zeit am rechten Ort gewesen zu sein.

Ein echter Glückspilz.

Jedenfalls dachte er das ...

Faber sah zu der Frau hinüber, die sanft und regelmäßig atmete, während der Zug am Inselwäldchen vorüberfuhr. Er hatte sie nicht einmal nach ihrem Namen gefragt.

Was wäre, dachte er, wenn er ihr seine Nummer daließ? Er könnte sie rasch notieren und ihr heimlich in die kleine Tasche stecken. Er könnte sie auch einfach fragen, wenn der Zug den Bahnhof erreichte. Was wäre, wenn er sie auf Langeoog treffen würde, wenn sein Geschäft abgewickelt war und sich alles zum

Positiven gewendet hatte? Die Chancen dafür standen gut. Was wäre, wenn er und sie einfach …

Faber lächelte bei dem Gedanken und spürte, wie ihm selbst die Augenlider schwer wurden. Er blinzelte noch einmal, doch dieses Aufbäumen war vergebens.

Nur fünf Minuten, dachte er.

Als er seine Augen nach der doppelten Zeitspanne wieder öffnete, geschah dies abrupt und in der Gewissheit, dass etwas Schreckliches passiert war.

Er blinzelte, starrte in ein verzerrtes und zugleich verschwommenes Gesicht. Dabei spürte er einen grässlichen, alles verzehrenden Schmerz in seiner linken Brust.

Das Letzte, was er sah, war eine Hand, die sich mit gespreizten Fingern von einem Dolchgriff löste. Ein winziger Tropfen Blut glänzte auf ihrem Rücken.

Faber wusste, dass es sein Blut war und dass sein Leben in diesem Sitz enden würde. Vielleicht blieben ihm noch zwei oder drei Sekunden, bis der Tod eintrat.

Zu wenig für ein letztes Abenteuer.

Kapitel 2

Der Tabak begann leise zu knistern, gerade in dem Augenblick, in dem eine Windbö die dünne Flamme des Streichholzes ausblies. Ein paar dunkle Krümel fegten über den Pfeifenrand und waren im nächsten Moment verschwunden.

»Verdammich«, zischte Hinnerk Jensen an dem dünnen Stiel vorbei und beeilte sich, an dem Mundstück zu saugen und den entstehenden Rauch zur Seite wegzublasen. Er stellte sich dabei in den Windschatten seiner Diesellok.

Jemand patschte ihm mit der flachen Hand auf den Rücken.

Jensen drehte sich um, mit zusammengezogenen Augenbrauen, und wollte gerade loswettern, als er einen etwa zehnjährigen Jungen vor sich erblickte, der so klein war, dass er sich vermutlich auf seine Zehenspitzen hatte stellen müssen, um Jensen anzutippen. Sofort entspannten sich die Gesichtszüge des Lokführers.

»Na, mien Jung? Was kann ich für dich tun?«

»In dem Wagen da hinten sitzt noch einer drin.«

Jensen folgte dem Blick des Jungen, der an dem majestätisch dastehenden Zug entlangglitt.

»In welchem denn, mien Jung?«

»In dem orangenen.« Der flachsblonde Junge streckte seine Hand aus, so weit er konnte, als würde es für Jensen dadurch einfacher werden. »Ich glaube, der ist eingeschlafen.«

»Aha«, machte Jensen, zog an seiner Pfeife und blies den Rauch aus, der sofort vom Wind erfasst und davongetragen wurde.

Wenigstens hatte es inzwischen aufgehört, zu regnen. Auch wenn sich der nächste Schauer bereits ankündigte.

»Vielleicht sollten Sie den aufwecken«, fuhr der Junge neunmalklug fort. »Nicht, dass er am Ende in Afrika aufwacht.«

»Das würde mich doch sehr wundern«, gab Jensen fachmännisch zurück. »Dieser Zug verkehrt nämlich nur zwischen dem Bahnhof und dem Langeooger Fähranleger.«

13

»Trotzdem«, beharrte der Junge und setzte dabei einen verschwörerischen Gesichtsausdruck auf. »Man kann ja nie wissen.«

»Das stimmt«, antwortete Jensen und beugte sich leicht zu dem pflichtbewussten Jungen herunter. Dabei zwinkerte er der Frau zu, offensichtlich die Mutter des Jungen, die die Szene aus einem Abstand von etwa zwei Metern beobachtete.

»Ich dank dir recht schön, dass du so gut aufgepasst hast.« Jensen langte in seine Jackentasche und förderte einen eingewickelten Bonbon zutage. »Hier. Der ist für dich.« Dabei blickte er erneut kurz zu der Mutter. Erst als diese nickte, öffnete Jensen seine rechte Pranke und ließ die Süßigkeit in die ausgestreckte Hand des Jungen fallen.

Dessen Grinsen erstarb mit einem Mal, als er auf den Bonbon blickte. »Ist das etwa ein Eukalyptus?«

»Das will ich wohl meinen«, gab Jensen nicht ohne Stolz und Überzeugung zurück.

Der Junge starrte den in giftgrünes Papier eingewickelten Bonbon an, als handle es sich um ein unbekanntes Insekt, das sich im nächsten Augenblick mit spitzen Zähnen durch seinen Handteller fressen würde.

»Ich mag aber kein Eukalyptus!« Der Junge stampfte mit seinem rechten Fuß auf, streckte Jensen seine Handfläche hin und ließ die Finger dabei Richtung Boden zeigen.

Der Bonbon kullerte herunter und blieb zwischen ihnen auf dem regennassen Bahnsteig liegen.

»Jason-Alexander«, rief die Frau, die sich sofort in Bewegung setze und den linken Arm des Jungen packte. »Das macht man doch nicht! Heb das gefälligst wieder auf!«

»Nein!« Der Angesprochene verschränkte seine Arme vor der Brust und blickte stur zwischen den beiden Erwachsenen hindurch.

»Ich will was anderes«, fügte er eingeschnappt hinzu.

»Es gibt aber nichts anderes. Du hattest auf dem Festland schon Softeis und Pommes. Und außerdem ist es unhöflich, den Bonbon nicht wieder aufzuheben.«

»Heb du ihn doch auf«, antwortete Jason-Alexander.

Seine Mutter holte tief Luft, vermutlich, um ihn lautstark zurechtzuweisen.

Jensen kam der Frau zuvor, ging neben dem Jungen in die Hocke und hob seinen Eukalyptusbonbon wieder auf. Er rieb kurz die Nässe an seiner dunklen Uniform ab und ließ ihn wieder in seiner Tasche verschwinden.

»Tut mir leid«, sagte die Frau in seine Richtung, »zu Hause macht er so was nie.«

Jensen antwortete nicht. Er blieb vor seiner Lok stehen und sah Mutter und Kind nach, wie sie nebeneinander den Bahnsteig hinunter schritten, die Erwachsene wild gestikulierend.

»Dämlicher Bengel«, entfuhr es Jensen leise, während er sich bereits in die andere Richtung in Bewegung setzte, wobei er mehrfach den Kopf schüttelte.

Der Bahnsteig hatte sich bereits geleert, niemand kam ihm auf dem Abschnitt bis zum orangefarbenen Wagen entgegen.

Jensen schlenderte gemächlich. Er hatte noch Zeit bis zur Rückfahrt. Dabei paffte er energisch an seiner Pfeife, dass es darin lautstark knisterte. In Gedanken war er noch immer bei dem verzogenen Jungen und fragte sich insgeheim, ob dessen Eltern möglicherweise vorhatten, ihm noch das eine oder andere Geschwisterchen zu schenken.

Mit diesem Szenario vor Augen stieg er in den letzten Wagen, blickte auf und erkannte die Gestalt einer jungen Frau, die mitten im Gang stand.

Wenn sie seine dumpfen Schritte gehört hatte, ließ sie sich nichts anmerken. Sie stand da wie angewurzelt und schien auf irgendeinen Punkt zu starren, den Jensen von seiner Position aus nicht erkennen konnte.

»Hallo, junges Fräulein?«

Jensen war vielleicht einer der Letzten, die diese Anrede noch benutzten. Er war sich dessen sogar bewusst, aber gerade deshalb tat er es nicht ganz ohne Stolz.

»Die Fahrt endet hier.«

Keine Reaktion. Jensen versuchte es mit »kann ich Ihnen vielleicht helfen?«

15

Erst jetzt schien sich die Frau zu rühren. Nein, dachte Jensen, das war der falsche Ausdruck dafür. Sie begann zu zittern. So sehr, dass ihre rechte Hand gegen die Rückenlehne eines Sitzes schlug.

Vielleicht fror sie, dachte Jensen. Immerhin schienen ihre Sachen noch vom Regen durchnässt zu sein.

Gerade als er sie erneut ermahnen wollte, drehte sie sich zu ihm um.

Das Erste, was Jensen auffiel, war, dass ihr Gesicht unter dem dunklen Haarschopf kreideweiß war. Ihre Lippen waren leicht geöffnet und bebten. Der Ausdruck in ihren Augen war vielleicht das alarmierendste Anzeichen dafür, dass etwas nicht stimmte.

»Was ist denn los?«, fragte Jensen automatisch. »Ist Ihnen nicht gut?«

Die junge Frau deutete ein Kopfschütteln an, das Jensen allerdings auch nicht weiterbrachte.

Wie in Zeitlupe schien sie sich aus ihrer Position zu lösen und trat einen Schritt beiseite, zwischen zwei Sitzbänke.

Jensens Blick fiel auf den Fahrgast, der in Ausstiegsnähe am Fenster saß. Er sah aus, als schliefe er. Auch sein Gesicht war weiß, der Kopf wurde durch die leicht beschlagene Fensterscheibe gestützt und sah aus, als würde er jeden Augenblick daran herunterrutschen.

Der junge Mann trug eine leichte Sommerjacke, der Reißverschluss war offen. Unter dem Kleidungsstück, auf der linken Seite, befand sich eine Auswölbung, die sich Jensen zunächst nicht erklären konnte.

Er wollte die Frau danach fragen, entschied sich aber dann dagegen. Sie machte nicht den Eindruck, als sei sie im Augenblick in der Lage, zu sprechen.

Vorsichtig trat er näher, tauchte zwischen den beiden Sitzreihen ein und beugte sich über den Fahrgast.

Verbissen hielt Jensen seine Pfeife zwischen den Zähnen. Dünner Rauch kräuselte daraus auf.

Der Lokführer widerstand dem Impuls, den Mann ansprechen zu wollen. Er ahnte bereits, dass es sinnlos sein würde. Dieser

Gast würde nichts mehr hören und erst recht nicht mehr antworten.

Noch bevor Jensen den Stoff der dunklen Jacke leicht zur Seite schlug, wusste er, dass hier bereits alles zu spät war. Aus der linken Brusthälfte des Mannes ragte der Griff eines Dolchs. Das weiße T-Shirt darunter war nass und rot von Blut. Jensen war kein Fachmann in diesen Dingen, doch selbst für ihn war offensichtlich, dass der Mann keines natürlichen Todes gestorben war. Jemand hatte ihn in seinem Sitz ermordet. Mitten im Langeoog-Express – in *seinem* Zug!

Langsam drehte Jensen sich um. Jetzt bebten auch seine Lippen leicht, als er seine Pfeife geistesabwesend aus dem Mund nahm. Er begegnete dem Blick der jungen Frau.

»Warum um alles in der Welt haben Sie das getan?«

Kapitel 3

Gerret Kolbe sah einem etwa zehnjährigen Jungen und seiner Mutter hinterher, die ihm und Bente Franzen gerade auf dem Platz vor dem Bahnhof entgegengekommen waren. Die beiden waren in einen handfesten Streit vertieft und schienen rings um sich herum absolut nichts mehr wahrzunehmen.

Die Frau hatte Kolbe versehentlich mit ihrem Ellenbogen angerempelt und eine flüchtige Entschuldigung gemurmelt, bevor sie fortfuhr, auf ihren Jungen einzureden.

Im Vorbeigehen hatte der Inselkommissar das Wort *Eukalyptus* aufgeschnappt, wusste damit jedoch nichts anzufangen, da es offenbar völlig aus dem Zusammenhang gerissen war.

»Beeil dich doch ein bisschen«, rief Bente, die bereits ein Stück vorausgegangen war. »Wir sind eh schon spät dran.«

Kolbe beschleunigte seine Schritte und hatte seine Vermieterin sofort wieder eingeholt. Er strich ihr sanft über das Gesicht und grinste dabei.

»Willst du wirklich, dass ich dich daran erinnere, warum wir zu spät dran sind und an wem es dieses Mal gelegen hat?«

Bente Franzen stieg die Röte ins Gesicht und knuffte den Polizisten in die Seite. »Du hattest jedenfalls nichts dagegen, die Gelegenheit auszunutzen.«

»Natürlich nicht«, räumte Kolbe ein, während sie sich dem Bahnsteig näherten. »Es kommt ja schließlich selten genug vor, dass der Professor mal sein Zimmer verlässt, seine Arbeit unterbricht und einfach mal ein bisschen frische Luft schnappt. Dabei haben wir so viel davon auf der Insel.«

Bente hakte sich bei ihm unter. »Tatsächlich hat er seine Arbeit nicht unterbrochen«, sagte sie. »Soweit ich weiß, arbeitet er an einer neuen Artikelserie über Langeoog. Er hat sogar seine alte Fotokamera mitgenommen.«

»Hört, hört«, bemerkte Kolbe. »Klingt so, als wollte es der alte Fuchs noch mal wissen.«

18

Der Bahnsteig lag nahezu verlassen vor ihnen, was selten vorkam. Offenbar hatten sie genau den Zeitpunkt zwischen Ankunft und erneuter Abfahrt des Zugs erwischt.

Bente blieb vor dem Zug stehen und blickte sich ratlos um. »Wo steckt sie denn? Sie hatte mir doch geschrieben, dass sie mit diesem Zug kommt.« Weit und breit war keine Menschenseele zu sehen.

»Vielleicht ist sie doch schon allein losgegangen«, vermutete Kolbe.

Seine Vermieterin stieß einen langen Seufzer aus. »Ich hatte ihr extra gesagt, sie soll hier auf uns warten, falls wir ... na ja, falls wir uns verspäten sollten.«

»Wirklich sehr umsichtig von dir«, antwortete er lächelnd.

»Da ist sie ja!«, rief Bente Franzen plötzlich und deutete den Bahnsteig hinunter, auf den orangefarbenen Wagen.

Und tatsächlich tauchte in diesem Augenblick die Gestalt einer jungen Frau auf, die den Zug verließ, allerdings dicht gefolgt vom Zugführer, der sie sogar noch am Arm gepackt hielt, als sie längst den Bahnsteig unter ihren Füßen hatten.

»Da stimmt was nicht«, entfuhr es Bente. Langsam ließ sie ihre Hand sinken, die sie sich zum Schutz gegen das Sonnenlicht über die Augen gelegt hatte. Sie blinzelte.

»Das werden wir gleich haben«, sagte Kolbe.

Jetzt war es der Inselkommissar, der schneller ausschritt als seine Begleiterin.

Bente Franzen hatte sichtlich Mühe, sich seinem Tempo anzupassen.

Wie sich zeigte, mussten sich die beiden sich nicht übermäßig beeilen, da der Zugführer und die junge Frau die entgegengesetzte Richtung eingeschlagen hatten und direkt auf sie zukamen.

Bereits aus der Entfernung war ersichtlich, dass sich die Frau gegen die Behandlung des Bahnangestellten wehrte. Sie versuchte, sich aus seinem Griff zu winden, hatte dabei jedoch keinerlei Erfolg. Genauso gut hätte sie probieren können, die fahrende Lok mit bloßen Händen aufzuhalten.

Hinnerk Jensen musste den Kommissar bereits erkannt haben, denn er stieß einen erleichterten Laut aus und brachte sogar das Kunststück fertig, mit seiner linken Hand zu winken, ohne mit seiner rechten den Arm der Frau loszulassen.

»Kommissar Kolbe«, gellte die sonore Stimme des Mannes über den Bahnsteig. »Das ist entweder Zufall oder Schicksal. Ich habe Sie gerade anrufen wollen.«

»Weder noch«, antwortete Kolbe, als sie sich in der Mitte des Zugs begegneten. »Ich bin hier, weil ich diese junge Dame abholen wollte. Privat, wohlgemerkt.«

Jensens Blick irrte zwischen dem Kommissar und seiner Begleitung hin und her.

»Sie ist meine Nichte«, schob Bente Franzen hinterher. »Ihr Name ist Anneke. Anneke Pabst.«

»Ach so?« Jensens Blick verhärtete sich. »Na, dann wird es Sie sicher interessieren, dass sie gerade eben in meinem Zug einen Mann erstochen hat!«

»Das ist nicht wahr!«, stieß die sich noch immer windende Frau aus. »Ich habe damit nichts zu tun!«

»Ach ja?«, schnappte Jensen zurück. »Und warum standen Sie dann immer noch über ihn gebeugt, als ich den Wagen betreten habe?« Der Lokführer wandte sich wieder an den Kommissar. »Nicht mal gerührt hat sie sich, als ich dazu kam. Als würde sie das alles gar nicht interessieren. Und ansonsten war weit und breit kein Mensch in Sicht.«

Gerret Kolbe hob abwehrend die Hände. »Jetzt mal langsam und der Reihe nach! Sie haben einen Toten im Zug?«

Jensen nickte eifrig. Seine inzwischen erkaltete Pfeife machte die Bewegung mit. »Er sitzt im letzten Wagen. Auf dem letzten Platz. Sie können ihn sich ansehen, wenn Sie mir nicht glauben.«

»Ich glaube Ihnen ja. Und ich muss ihn mir sogar ansehen.« Der Kommissar sah die junge Frau an und gab dem Lokführer ein Zeichen.

»Ich glaube, Sie können sie jetzt loslassen.«

Jensen machte ein Gesicht, als traue er der Sache nicht recht. Nur langsam und scheinbar widerwillig lockerte er seinen Griff.

Bei dem ersten Anzeichen der Erleichterung wand Anneke Pabst sich heraus, bedachte Jensen mit einem giftigen Blick und trat zwei große Schritte beiseite, auf ihre Tante zu, die sie verständnislos anblickte.

Für einen Moment sagte niemand etwas.

»Tja, dann wollen wir uns das Ganze mal ansehen«, löste Kolbe schließlich das Schweigen und setzte sich in Bewegung. Es dauerte keine halbe Minute, bis sie den hinteren Einstieg des letzten Wagens erreicht hatten.

Auf dem letzten Platz saß der Tote. Bleich, mit geschlossenen Augen. Seine Lippen wirkten schlaff, die Mundwinkel heruntergezogen.

Kolbe blickte sich nach Jensen um. »Haben Sie hier irgendwas angefasst? Am Toten meine ich?«

Der Lokführer riss die Augen auf. »Ich will verdammt sein, wenn ich das getan hätte. Ich meine … ich habe schon auf den ersten Blick gesehen, dass mit dem armen Teufel nicht mehr viel los ist. Genau genommen gar nichts.«

Kolbe nickte. »Haben Sie eine Ahnung, wie das passieren konnte?«

Jensen sah den Kommissar an und blickte dann durch die Scheibe auf den Bahnsteig hinaus, wo Bente Franzen und Anneke Pabst nebeneinanderstanden. Beide blickten in verschiedene Richtungen, so als hätten sie sich trotz der langen Zeit und der jüngsten Ereignisse nichts zu sagen.

»Na ja. Da war so ein Bengel, der mir gesagt hat, in diesem Wagen würde noch jemand sitzen. Er dachte, der Mann sei eingeschlafen. Ich glaubte ihm die Geschichte und kam hierher, um nachzusehen. Als ich den Wagen bestieg, stand diese Frau im Gang. Ich musste sie ein paar Mal ansprechen, bevor sie überhaupt reagiert hat. Sie wirkte auf mich wie weggetreten.«

21

»Aber Sie haben sie nicht mit dem Dolch in der Hand gesehen.« Kolbe sah den Älteren über seine Schulter hinweg an. »Sie haben nicht gesehen, wie sie die Tat begangen hat?« Jensen schüttelte den Kopf. »Aber wer soll es denn sonst gewesen sein, wenn nicht sie? Es war doch niemand anderes da.«

»Die beiden waren ganz allein in dem Wagen?«, hakte der Kommissar nach. Eine Spur von Irritation lag in seiner Stimme.

Der Lokführer zuckte mit den Schultern. »Es sind nicht mehr viele Fahrgäste mit der Fähre gekommen. Ist ja schon spät, und das Wetter ist schon den ganzen Tag miserabel. Ich schätze, die wenigen Fahrgäste haben sich alle auf die vorderen Wagen verteilt.«

Kolbe machte einen zustimmenden Laut und befasste sich weiter mit dem Toten. Sein Blick blieb auf dem verzierten Griff des Dolchs hängen, der aus der blutigen Brust des Toten ragte. Ein entsetzliches Instrument, das Kolbe beim bloßen Betrachten einen leichten Schauer über den Rücken jagte.

Er richtete sich auf und drehte sich zu Jensen um. »Haben Sie sonst jemanden gesehen, der sich diesem Mann oder auch nur dem Wagen in irgendwie auffälliger Weise genähert hat?«

Jensen nahm seine Pfeife aus dem Mund und wusste für einen Moment nicht, wohin damit. Er behielt sie in der Hand.

»Nicht, dass ich wüsste. Aber ich bin ja hier nun auch nicht ständig präsent.«

»Ist Ihnen die Frau da draußen schon vorher aufgefallen?«

»Die Kleine? Nein. Hab sie hier drinnen das erste Mal gesehen.«

Kolbe nickte. Es wurde offensichtlich, dass aus Jensen nicht mehr herauszuholen war.

»Gehen wir«, sagte er und gab dem Lokführer ein Zeichen. Die beiden Männer verließen den Wagen und traten zu den Frauen auf den Bahnsteig hinaus.

»Was ist denn jetzt mit meinem Fahrplan?«, fragte der Zugführer und deutete demonstrativ auf seine Armbanduhr.

Damit hatte er etwas angesprochen, an das Kolbe noch gar nicht gedacht hatte. Am liebsten hätte er geantwortet, er würde den Streckenverkehr für den Rest des Tages aussetzen, aber er sah ein, dass dies vermutlich erhebliche Komplikationen verursachen konnte.

Er einigte sich mit Jensen darauf, dass der letzte Wagen vom Zug abgekoppelt werden sollte, um ihn ein Stück weit außerhalb des Bahnhofs auf ein Rangiergleis zu schieben. Im selben Atemzug verständigte der Kommissar seine Kollegen vom Festland, die ein Motorboot der Wasserschutzpolizei herüberschicken würden, um die Leute von der Spurensicherung auf die Insel zu bringen.

Nachdem diese Formalitäten geklärt waren, wandte sich Kolbe das erste Mal an Anneke Pabst.

»Ich muss Ihnen jetzt einige Fragen stellen, die den Toten da drin betreffen. Das lässt sich leider nicht vermeiden. Glauben Sie, dass Sie das schaffen?«

Anneke nickte. Sie hatte sich einen frischen Streifen Kaugummi in den Mund gesteckt, bearbeitete diesen aber nur sporadisch, offenbar, wann immer ihr gerade danach zumute war.

»Kennen Sie den Mann?«, lautete die erste Frage des Kommissars. Die junge Frau verneinte.

»Haben Sie ihn vorher schon einmal gesehen?«

»Nein«, antwortete sie mit leiser Stimme. »Ich bin ihm an der Anlegestelle das erste Mal begegnet.«

»Hat er Sie angesprochen?«

Ein kurzes Kopfschütteln. »Wir sind im Platzregen am Bahnsteig ineinandergelaufen. Wir haben beide nicht richtig hingesehen.«

»Haben Sie sich unterhalten?«

»Nicht viel. Ich war sehr müde.«

»Worüber haben Sie gesprochen?«

Sie zuckte mit den Schultern. »Er sagte, er sei geschäftlich auf der Insel. So ähnlich hat er sich jedenfalls ausgedrückt.«

»Hat er erwähnt, um welche Art von Geschäft es sich dabei handelte?«

»Nein. Ich glaube nicht.«

»Sie glauben?«

»Ich weiß es nicht mehr.« Anneke kaute mehrere Male. Ihr Blick wanderte dabei immer wieder den Bahnsteig hinunter, als wünsche sie sich an einen anderen Ort.

»Hat er gesagt, zu wem er wollte? Besuchte er jemanden auf der Insel?«

»Darüber haben wir nicht gesprochen. Wie gesagt: Ich war müde. Ich habe Musik gehört und bin dann eingeschlafen.« Kolbe gab ihr ein Zeichen, ihm zu folgen. Er wandte sich zum Einstieg. Als sie nicht reagierte, winkte er ungeduldig.

»Na, was ist? Kommen Sie! Ich möchte, dass Sie mir zeigen, wo Sie gesessen haben.«

Kolbes Blick traf den seiner Vermieterin. Ein leiser, flehender Ausdruck lag in ihren dunklen Augen, so als wollte sie ihm sagen: »Sei nicht zu grob zu ihr.«

Zögernd betrat Anneke das Abteil und wandte sich dem Platz schräg gegenüber dem Toten zu.

»Hier. Hier habe ich gesessen. Aber ich weiß nicht, was das bringen soll. Ich habe nichts ge…« Sie verstummte.

Kolbe blickte sie streng an. »Ist Ihnen nicht gut?«

»Nicht besonders«, räumte die junge Frau ein.

Der Kommissar bedeutete ihr, sich zu setzen.

Widerwillig ließ sie sich auf das Sitzpolster sinken.

»Sie wollten gerade etwas sagen«, nahm Kolbe die Unterhaltung wieder auf. »Sie wollten eigentlich sagen, dass Sie nichts gesehen haben. Aber dann ist Ihnen etwas eingefallen, habe ich recht?«

Sie nickte zögernd, nachdenklich. Sie blickte den Toten an, doch es war selbst für Kolbe erkennbar, dass sie ihn in diesem Moment nicht wirklich sah. Sie schien in Gedanken versunken, in Erinnerungen, die noch nicht allzu alt waren, in denen sie jedoch scheinbar kramen musste wie in einer alten Klamottenkiste.

Was sie zum Vorschein brachte, verblüffte den Kommissar.

»Ich habe etwas gesehen. Einen Mann. Er hat sich über den Toten gebeugt.«

»Wann war das?«, fragte Kolbe sofort.

»Ich weiß nicht genau. Der Zug war schon in den Bahnhof eingefahren. Er stand. Aber ich weiß nicht, wie lange. Ich war gerade erst wach geworden.«

»Was hat Sie geweckt? Ein Schrei vielleicht? Oder ein anderes Geräusch?«

»Ich kann es nicht sagen. Als ich die Augen aufschlug, stand der Mann im Gang und verdeckte mir die Sicht.«

»Was hat der Mann getan?«

Sie zuckte mit den Schultern. Sie sah den Kommissar nicht an, sondern blickte gedankenverloren aus dem Fenster.

»Haben Sie gesehen, woher der Mann kam? Denn er war doch zuvor nicht bei Ihnen im Abteil?«

Es dauerte einen Moment, bis die Worte des Kommissars sie erreichten. Langsam wandte sie den Kopf in seine Richtung.

»Wir waren allein im Abteil«, sagte sie. »Die ganze Fahrt über. Der Mann muss gekommen sein, als der Zug im Bahnhof hielt. Ich habe aber nicht gesehen, wie er eingestiegen ist.«

»Und Sie haben auch nicht gesehen, dass er einen Dolch bei sich hatte? Diesen Dolch dort?«

Kopfschütteln. Anneke widmete sich für einen kurzen Moment wieder ihrem Kaugummi.

»Glauben Sie, dass Sie den Mann beschreiben können?«

»Ich denke schon«, antwortete sie leise. »Als ich wach wurde, hat er sich zu mir umgedreht, bevor er rausgelaufen ist. Für einen kurzen Moment habe ich sein Gesicht gesehen und habe mir gedacht: So sieht also ein Mörder aus.«

»Demnach hat er Sie auch gesehen?«

»Hat er. Zuerst habe ich geschlafen, da habe ich nichts mitbekommen. Und dann, als ich wach wurde, hab ich mich sofort wieder schlafend gestellt.«

»Demnach wussten Sie da also schon, dass etwas nicht stimmte?«, fragte Kolbe.

»Ich habe nichts gesehen. Aber ich habe es geahnt. Weil … weil keiner der beiden Männer gesprochen hat. Und das ist doch ziemlich ungewöhnlich, oder? Es konnte doch nur bedeuten, dass der Mann auf dem Sitz nicht mehr dazu in der Lage war.«

»Ich würde Sie gerne mit auf die Dienststelle nehmen«, erklärte Kolbe. »Dort können Sie mir und meiner Kollegin Ihre Aussagen zu Protokoll geben. Haben Sie kein Gepäck dabei?«

»Nur meinen kleinen Rucksack«, sagte sie und deutete auf den Bahnsteig hinaus. »Mein Koffer ist leider durch eine Panne am Hamburger Flughafen geblieben. Er wird mir hoffentlich in den nächsten Tagen nachgeschickt.« Sie hatte den Satz noch nicht ganz beendet, als ihr Blick fahrig wurde.

Suchend sah sie sich im Abteil um.

Kolbe hatte ihre Unsicherheit sofort bemerkt. »Vermissen Sie etwas?«

»Ich nicht«, sagte sie leise. »Aber ich bin mir ziemlich sicher, dass der Mann einen kleinen Aktenkoffer bei sich hatte, als wir ins Abteil stiegen. Aber jetzt scheint er nicht mehr da zu sein.«

Kapitel 4

Es war bereits früher Abend, als Gerret Kolbe die Tür zur Dienststelle öffnete und Anneke Pabst eintreten ließ. Die junge Frau tat dies mit hängenden Schultern und leerem Blick. Nur beiläufig sah sie sich um, registrierte, wo sie gelandet war. Kolbe hatte seine Kollegin Rieke Voss bereits telefonisch über die jüngsten Ereignisse informiert.

Als er mit der Zeugin das Büro betrat, hatte die Inselkommissarin schon eine Kanne Kaffee und ein paar Flaschen Wasser bereitgestellt.

Kolbe deutete auf die offene Tür, die in das kleine Verhörzimmer führte. »Wenn Sie da drinnen bitte kurz auf uns warten wollen? Wir kommen gleich zu Ihnen.«

Anneke Pabst zeigte keine erkennbare Reaktion. Wie eine Schlafwandlerin ließ sie sich in den Raum bugsieren und setzte sich auf einen der Stühle, wo sie still verharrte.

»Hat sie ganz schön mitgenommen, oder?«, fragte Rieke Voss, als sie sich in ihrem gemeinsamen Büro trafen.

Kolbe blickte nachdenklich über den Korridor. »Schwer zu sagen. Ich wünschte, ich wüsste, was gerade in ihr vorgeht.«

»Sie ist Bentes Nichte?«, hakte die rothaarige Ostfriesin nach.

Ihr Kollege nickte, während er sich eine Tasse Kaffee einschenkte. »Sie ist die Tochter von Bentes Bruder, der vor Jahren nach Philadelphia ausgewandert ist. Da hat er irgendwelche Bauprojekte begleitet. Er ist vor drei Jahren gestorben, kurz vor Annekes achtzehnten Geburtstag. Bente konnte damals nicht an der Beerdigung teilnehmen, weil sie eine schwere Grippe hatte. Sie behauptet, den Flug hätte sie nicht überlebt.« Kolbes Mundwinkel zuckten leicht.

»Was wisst ihr sonst über Anneke?«, hakte Rieke nach.

Ihr Kollege zuckte mit den Schultern. »Sie studiert in den Staaten und hat im Augenblick Semesterferien. Vor ein paar Wochen kam ein Brief ins Haus geflattert. Anneke möchte ihre Tante gerne besuchen und vielleicht sogar während ihrer Zeit hier einen kleinen Job annehmen. Bente hat ihre Nichte das letzte Mal gesehen, als sie noch ganz klein war.«

27

»Und jetzt kommt sie her und gerät gleich in so eine Geschichte.« Rieke Voss trank einen Schluck Kaffee und drehte die Tasse nachdenklich in ihren Händen.

»Sie scheint den Mann nicht zu kennen«, erklärte Kolbe.

»Sagt, sie hätte ihn das erste Mal am Bahnsteig gesehen. Beim Fähranleger.«

»Glaubst du, sie sagt die Wahrheit?«

Kolbe warf seiner Kollegin einen langen Blick über den Schreibtisch hinweg zu.

In diesem Augenblick tauchte Enno Dietz in der Tür auf. Sein Gesicht zeigte hektische rote Flecken und er wirkte leicht fahrig, wie immer, wenn es gerade viel zu tun gab.

»Wir wissen jetzt, wer der Tote ist«, sagte er und fuchtelte hektisch mit einem Blatt Papier herum. »Die Daten sind gerade von den Kollegen aus Wittmund gekommen.«

»Dann schieß mal los«, sagte Rieke und lehnte sich in ihrem Stuhl zurück.

»Der Mann heißt Marcel Faber, einunddreißig Jahre alt, letzte bekannte Wohnanschrift Kreuzberg, Berlin. Ist auch dort geboren und zur Schule gegangen. Hat das Abitur abgebrochen, um danach eine Lehre als Tischler zu absolvieren. Das hat aber wohl auch nicht so richtig funktioniert. Nebenbei hat er in jungen Jahren Gitarre in einer Punkrockband gespielt. Dazu hat er sich mit Gelegenheitsjobs über Wasser gehalten. Angehörige scheint er keine mehr zu haben. Das Handy, das er bei sich hatte, wird zurzeit noch ausgewertet.«

»Das ist alles?«, fragte Kolbe.

Enno nickte und wendete demonstrativ das Blatt Papier in seiner Hand, damit seine Kollegen auch wirklich überzeugt waren.

»Viel ist das wirklich nicht«, sagte Rieke. »Weiß man denn, was er auf Langeoog gewollt hat?«

»Fehlanzeige«, antwortete Enno, dessen Gesichtsflecken ins leicht Violette übergingen. »Bis jetzt jedenfalls. Wir bekommen eine Info, sobald die Handydaten ausgewertet sind. Vielleicht ergibt sich daraus etwas.«

Irgendwo im vorderen Bereich der Dienststelle begann ein Telefon zu klingeln. Enno blickte sich fahrig um. »Das ist meins. Ich glaube, da sollte ich drangehen.« Mit einem entschuldigenden Blick machte er auf dem Absatz kehrt und war im nächsten Moment verschwunden.

»Und wir sollten uns um unseren Gast kümmern«, schlug Rieke vor und erhob sich flink aus ihrem Bürostuhl. Im Vorbeigehen klopfte sie Kolbe aufmunternd auf die Schulter. Der Kommissar folgte seiner Kollegin über den Korridor.

In dem kleinen Raum auf der anderen Seite saß Anneke Pabst noch immer so, wie Kolbe die junge Frau zuvor verlassen hatte. Den Kaffee vor ihr hatte sie offenbar noch nicht angerührt.

»Wie lange muss ich hierbleiben?«, fragte sie geradeheraus, während die Inselkommissare sich setzten.

Immerhin wirkte Anneke jetzt nicht mehr so eingeschüchtert. Ganz im Gegenteil. Ihre Augen zeigten einen beinahe angriffslustigen Glanz und strömten dabei eine jugendliche Vitalität aus. Dazu passte auch die leichte Zornesfalte, die sich auf ihrer Stirn gebildet hatte.

»Nicht lange«, gab Kolbe zurück. »Wir werden Ihre Aussage aufnehmen und daraus ein Protokoll anfertigen, das Sie dann später unterschreiben müssen. Ich kann es auch nachher mit nach Hause bringen.«

Die Worte schienen Anneke daran zu erinnern, dass sie die nächsten Tage mit dem Inselkommissar unter einem Dach würde verbringen müssen. Der Gedanke war ihr offenbar nicht sonderlich angenehm.

Anneke wiederholte ihre Geschichte. Von der ersten Begegnung vor dem wartenden Zug, vom Regen, von ihrer kurzen gemeinsamen Fahrt, die so ein jähes Ende genommen hatte.

»Ich würde gerne noch mal auf den Unbekannten zu sprechen kommen«, erklärte Kolbe. »Bitte schildern Sie genau, was Sie gesehen haben, und was dieser Mann in dem Zugabteil Ihrer Ansicht nach getan hat.«

Anneke Pabst rollte mit den Augen. Ihr lag offenbar eine bissige Bemerkung auf der Zunge, die sie jedoch im letzten Moment verwarf.

»Ich habe ihn nicht hereinkommen sehen«, antwortete sie. »Er stand plötzlich im Gang. Sein Gesicht konnte ich zuerst nicht erkennen, weil er mir den Rücken zugedreht hat. Er hat sich … irgendwie über den Mann auf dem Sitz gebeugt.«

»Sein Name war übrigens Marcel Faber«, erklärte Rieke. »Sagt Ihnen der Name irgendetwas?«

»Nein. Überhaupt nichts. Er hat ihn mir nicht genannt.«

»Okay, weiter«, entschied Kolbe.

»Ich kann dazu nicht mehr viel sagen. Ich wurde plötzlich wach und … der Typ im Gang muss das mitbekommen haben. Jedenfalls drehte er sich plötzlich zu mir um.«

»Hat er etwas zu Ihnen gesagt?«, fragte Rieke.

»Nein, gar nichts. Er stand bloß da und starrte mich an. Vielleicht für 'ne Sekunde oder so. Ich hab wirklich Schiss bekommen, dass er mir was tut. Deswegen hab ich getan, als würde ich immer noch schlafen. Ich dachte, ich werde verrückt dabei, weil es für einen Moment ganz still war. Bis auf sein Atmen. Das war gruselig. Dann ist er auf einmal weggerannt.«

»In welche Richtung?«, wollte Kolbe wissen.

»Den Wagen runter. Er hat den hinteren Ausgang genommen. Ich hab's gesehen. Und ich hab seine Schritte gehört.«

»Sie haben vorhin ausgesagt, Marcel Faber hätte einen Koffer bei sich gehabt.«

»Ja. Einen schwarzen Aktenkoffer. Aus Leder. Mit so … Zahlenschlössern dran.« Anneke Pabst nahm ihre Tasse, trank einen Schluck und verzog dabei leicht das Gesicht.

»Was ist aus diesem Koffer geworden?«, hakte der Inselkommissar nach. »Hat ihn der Fremde vielleicht in der Hand gehabt, als sie ihn sahen? Hat er ihn mitgenommen?«

Die junge Frau stellte die Tasse ab und schloss für einen Moment die Augen. Als sie sie wieder öffnete, antwortete sie: »Zuerst war ich mir nicht ganz sicher. Aber jetzt … ja, ich glaube, dass er den Koffer bei sich hatte. Ich habe zuerst nicht so genau darauf geachtet, weil ich ihm direkt ins Gesicht gesehen habe.«

»Haben Sie ihn später noch gesehen? Am Bahnsteig vielleicht?«

»Nein. Da ist ja schon der Lokführer gekommen, der mich für eine Mörderin hält.«

Kolbe nickte, sah dabei jedoch nicht zufrieden aus. »In Ordnung, ich denke, das wär's fürs Erste. Ich würde Sie bitten, unserem Kollegen Herrn Dietz noch ein paar Angaben zur Personenbeschreibung zu machen. Er wird daraus ein Phantombild für die Fahndung erstellen.«

»Und wie geht es dann für mich weiter?«, fragte Anneke. Sie blickte die beiden Inselkommissare nacheinander an.

»Ich sage Bente Bescheid, dass sie Sie von hier abholt. Aus unserer Sicht liegt kein Grund vor, Sie weiter hierzubehalten.«

»Weil ich im Haus meiner Tante sowieso unter Ihrer Beobachtung stehe, stimmt's?«

Sie stand von ihrem Stuhl auf, zupfte kurz ihr Kleid zurecht und verließ das Zimmer. Ihre Schritte entfernten sich über den Korridor.

»Das kann ja noch heiter werden«, presste Kolbe leise hervor.

»Kopf hoch«, antwortete Rieke grinsend. »Sieh es mal positiv: Falls dieser Mann tatsächlich der Mörder von Faber ist, dann weiß er, dass es eine Augenzeugin für den Mord gibt. Dadurch, dass ihr jetzt sowieso unter einem Dach wohnt, müssen wir keinen Personenschutz für sie beantragen. Das kannst du gleich mit übernehmen.«

»Falls dieser Mann überhaupt existiert«, gab Kolbe zurück.

Rieke zog fragend eine Augenbraue hoch. »Du glaubst nicht an diese Geschichte?«

»Um ehrlich zu sein, weiß ich nicht, was ich glauben soll. Ich finde, man weiß bei ihr einfach nicht recht, woran man ist.«

Rieke erhob sich vom Stuhl. »Du wirst ja jetzt etwas Zeit haben, sie besser kennenzulernen.«

Die beiden Inselkommissare zogen sich in ihr Büro zurück, während Enno Dietz die Personenbeschreibung aufnahm.

Etwa eine halbe Stunde später erschien Bente Franzen, um ihre Nichte mitzunehmen.

Die beiden Frauen hatten kaum die Dienststelle verlassen, als Ennos Telefon erneut klingelte.

Die Inselkommissare sahen ihn durch die offene Bürotür. Ihr Kollege telefonierte im Stehen, fingerte nervös am Kabel herum und blickte dabei immer wieder zu ihrem Büro herüber. Als er aufgelegt hatte, näherte er sich mit hastigen Schritten.

»Es gibt etwas Neues«, platzte er heraus. »Soeben hat eine gewisse Doreen Junker angerufen.«

»Wer ist das?«, fragte Rieke, nachdem sie einen kurzen Blick mit Kolbe getauscht hatte.

»Das ist Marcel Fabers Verlobte. Sie ist hier auf der Insel. Und sie will wissen, was mit ihm passiert ist.«

Kapitel 5

Die Inselkommissare hatten sich auf ihre Fahrräder geschwungen. Die Pension *Lütt Deern* lag im Jakob-Pauls-Weg und somit gerade einmal wenige Minuten entfernt.

Es war ein geräumig wirkendes Haus mit schneeweißem Anstrich und dunklem Ziegeldach, einem etwas kleineren Anbau und einem Wintergarten. Das Gebäude wurde von einer großzügigen Grünfläche und Beeten umgeben, deren Pflanzen momentan in voller Blütenpracht standen.

Es duftete nach Rosen, die an einem Rankgitter in allen Farben blühten.

Kolbe und Voss stellten ihre Räder ab und folgten einem kurzen Plattenweg, der auf den Eingang zuführte. In der Tür stand eine Frau in den Fünfzigern, die sich Ihnen als Gabriele Westermann vorstellte.

»Mir gehört dieses Haus«, sagte die Dunkelhaarige. »Nachdem mein Mann vor fünfzehn Jahren gestorben ist, habe ich es zu einer Pension umbauen lassen. Sie wollen Frau Junker sprechen, habe ich gehört?«

»Ja«, antwortete Rieke knapp und sah sich in der großen Diele des Hauses um. »Ist sie hier?«

»Sie wartet im Wintergarten auf Sie«, antwortete Frau Westermann und deutete auf einen Durchgang mit gemauertem Rundbogen, hinter dem sich ein breiter Flur anschloss.

»Gehen Sie einfach gerade durch und am Ende links. Sie sehen es dann schon.«

Die Kommissare bedankten sich und folgten ihrer Wegbeschreibung.

Der Wintergarten war hell und gemütlich eingerichtet. Mehrere bequeme Sitzmöbel, alle im selben Beige gehalten, aufgelockert durch ein paar Grünpflanzen und einen Büchertisch, auf dem fächerartig ein paar Zeitschriften und die eine oder andere regionale Tageszeitung ausgelegt waren.

Doreen Junker stand an der Glasfront, die einen Blick in den hinteren Garten erlaubte, der von einer hohen Lorbeerhecke umsäumt wurde. Als sie die beiden Ermittler kommen hörte, drehte sie sich zu ihnen um.

In einem der Sessel neben ihr saß ein etwa dreißig Jahre alter Mann, der die Beamten interessiert musterte.

Doreen Junker trat einen Schritt näher und blieb direkt neben ihm stehen.

»Sie sind ... von der Inselpolizei?«

Kolbe nickte und übernahm die Vorstellung. »Wie ich hörte, haben Sie bereits mit den Kollegen vom Festland gesprochen. Hat man Sie darüber informiert, was geschehen ist?«

»Nein«, antwortete sie sofort. Dieses eine Wort klang beleidigt und ging einher mit einer Veränderung ihres Gesichtsausdrucks. Sie hatte ihre Brauen zusammengezogen, ihr Blick drückte Verärgerung aus.

»Ich weiß nur, dass etwas nicht in Ordnung ist. Und dass es mit Marcel zu tun hat. Mehr konnte oder wollte man mir nicht sagen. Was ist passiert? Was ist mit ihm? Wo steckt er?«

Kolbe und Voss wechselten einen kurzen Blick miteinander. Der Inselkommissar trat einen Schritt vor. »Dürfen wir uns setzen?«

Doreen Junker, mit ihrem langen goldblonden Haar und ihrer von einem dunklen Kleid umhüllten schlanken Figur eine mehr als auffällige Erscheinung, deutete auf die freie Couch, während sie sich selbst vorsichtig in den noch freien Sessel sinken ließ.

»Na, das muss ja ziemlich übel kommen«, bemerkte der Mann daneben.

»Entschuldigung«, stieß Doreen fahrig aus, »das ist Benno Frey, ein guter Freund von Marcel und mir.«

Der Angesprochene nickte den Beamten zu.

Kolbe räusperte sich und rutschte bis an den Rand der Couch heran. »Es tut mir sehr leid, aber wir bringen Ihnen leider keine guten Nachrichten. Marcel Faber ist heute Nachmittag gegen

34

siebzehn Uhr tot in einem Wagen des Langeoog-Express'
aufgefunden worden.«

Das Schrappen einer Rosenranke, die über eine der
Glaswände strich, war für einen Moment das einzige Geräusch
im Raum. Draußen jagten Wolken über den Himmel und
sorgten in Verbindung mit den dahinterliegenden, zwischen-
zeitlich zaghaft durchbrechenden Sonnenstrahlen für ein
ständiges Wechselspiel aus Licht und Schatten.

Ein solcher huschte über Doreen Junkers Gesicht, als sie
aufblickte und Kommissar Kolbe ansah.

»Tot?«, fragte sie tonlos. Ihr Gesicht wirkte dabei wie
versteinert. »Aber wie … wie kann denn das sein? Er war doch
… vollkommen gesund.«

Kolbe senkte die Gesprächslautstärke um einen Deut. »Frau
Junker, Ihr Verlobter ist ermordet worden.«

»Was?«, rief Benno Frey. Er saß aufrecht im Sessel, die Arme
auf die Lehnen gestützt, so als wolle er jeden Augenblick
aufspringen. Ein fassungsloser Blick hinüber zu Doreen
Junker. »Das ist unmöglich! Ich meine, wie kann denn das
sein?«

»Jemand hat ihm einen Dolch durch das Herz gestochen«,
erklärte Rieke leise. »Er muss beinahe sofort tot gewesen sein.
Wir sind noch dabei, die Spuren auszuwerten, deswegen
können wir noch keine Angaben über einen möglichen Täter
machen.«

»Das darf doch nicht wahr sein«, presste Frey hervor. »Wer
um alles in der Welt sollte denn so etwas tun? Und warum
ausgerechnet Marcel?« Noch ehe die Inselkommissare antworten konnten, schob er aufgeregt hinterher: »Oder war es
etwa ein Verrückter? Sie wissen schon … irgend so jemand,
der …«

»Zum jetzigen Zeitpunkt gehen wir davon aus, dass die Tat
gezielt Herrn Faber gegolten hat«, erklärte Rieke.

»Gezielt«, wiederholte Frey leise, »wie sich das anhört:
Gezielt!« Er beugte sich nach vorne. »Ich frage Sie noch mal:
Wer sollte denn so etwas tun? Und vor allem: Warum?«

»Wie gesagt«, unternahm Kolbe einen Erklärungsversuch, »wir können im Augenblick noch keine weiteren Angaben machen. Wir haben da allerdings ein paar Fragen an Sie. Es wäre gut, wenn Sie uns damit weiterhelfen könnten.«

»Frau Junker?«, fragte Rieke, als die Frau im Sessel gegenüber keine Regung zeigte. »Ist das auch in Ordnung für Sie? Oder wollen Sie lieber ...«

»Nein«, unterbrach Doreen. »Stellen Sie Ihre Fragen. Wir beide werden versuchen, sie zu beantworten, so gut wir können.«

»In Ordnung, ich danke Ihnen«, gab Kolbe zurück. »Zunächst einmal würden wir gerne wissen, aus welchem Grund Marcel Faber nach Langeoog gekommen ist. Er hatte eine Wohnung in Berlin Kreuzberg, soweit wir wissen. Wir nehmen an, dass er zu Ihnen wollte, Frau Junker. Ist das richtig?«

»Wir hatten uns hier in dieser Pension verabredet«, antwortete die Angesprochene. »Wir beide haben von Berlin aus ein Doppelzimmer gebucht.«

»Sie kommen alle drei aus Berlin?«, fragte Rieke dazwischen.

»Wir sind alle dort aufgewachsen«, erklärte Frey. »Doreen, Marcel und ich kennen uns schon seit unserer Jugend. Seit wir fünfzehn waren. Wir sind seitdem oft zusammen verreist gewesen. Auch später haben wir jeden Urlaub gemeinsam verbracht.«

»Gab es einen besonderen Grund, warum Sie sich hier auf Langeoog treffen wollten?«, fragte Rieke.

Doreen schüttelte den Kopf. »Mein Vater ist früher oft hierhergefahren und hat uns von der Insel vorgeschwärmt. Dieses Jahr wollten wir herausfinden, ob denn wirklich etwas dran ist.«

»Das war der einzige Grund?«, hakte die Kommissarin nach.

»Ja«, gab Doreen knapp zurück.

»Ganz so einfach liegt der Fall leider nicht«, ergänzte Frey an dieser Stelle.

Doreen wandte ihren Blick in seine Richtung. Sie sah ihn fragend an, die Lippen leicht geöffnet. »Wieso? Was ... was hat Marcel zu dir gesagt? Warum wollte er unbedingt hierher?«

36

Sie schenkte den Beamten einen kurzen Blick. »Es war nämlich sein Vorschlag, wissen Sie?«

Kolbe nickte. »Dann würde es uns selbstverständlich auch interessieren, was seine Motivation gewesen ist.«

Alle Blicke richteten sich auf Benno Frey, der sich in seiner Haut nicht recht wohlzufühlen schien. »Er stand in Berlin in Kontakt mit irgendwelchen Leuten. Fragen Sie mich nicht nach Namen oder Adressen, denn die hat er mir nicht verraten. Es ging darum, dass er geholfen hat, den Dachboden eines Mietshauses leer zu räumen. Es war ein riesiger Boden, unterteilt in mehrere Abschnitte, die zu verschiedenen Wohnungen gehörten. Die Sache war nur die, dass die Mieter dazu lange nicht mehr existierten. Einige waren ohne Erben gestorben, andere haben ihr Zeug einfach bei Auszug da oben liegen lassen, bis es vergammelt ist.«

»Herr Faber hat sich also bereit erklärt, den ganzen Dachboden zu entrümpeln«, fasste Kolbe zusammen.

Frey nickte. »Das gehörte zu den Jobs, die er zwischendurch immer wieder mal angenommen hat, wenn er knapp bei Kasse war. Na ja, um die Sache abzukürzen: Er hat auf dem Dachboden einen Karton mit uralten Tonbändern gefunden. Die Beschriftung auf den Hüllen war schon nicht mehr zu lesen. Er hat die Leute, die zuständig waren, gefragt, was damit passieren sollte. Und sie sagten, das sei ihnen egal, er könne damit anstellen, was er wolle. Und so hat er den Kram mit nach Hause genommen.«

»Was ist danach passiert?«, fragte Rieke.

»Erst mal gar nichts. Er hätte den Karton beinahe vergessen, wenn ich ihn nicht daran erinnert hätte. Ich hab ihm dann einen Kontakt vermittelt. Ein alter Bekannter von mir, dessen Vater war früher Radiomechaniker. Und der hat einen ganzen Keller voller alter Geräte. Wir fanden eins, mit dem man die Bänder abspielen konnte.«

»Und was war drauf?« Gerret Kolbe blickte sein Gegenüber interessiert an.

»Alte Schlager«, antwortete Frey mit einem abwertenden Unterton. »Und damit könnte man meinen, dass die Sache gegessen gewesen wäre. Und das wäre sie auch, wenn nicht besagter Vater von meinem Kumpel dabei gewesen wäre, als wir die Bänder entstaubt und eingelegt hatten. Der Typ, also der Vater, hat behauptet, die Stimme zu kennen. Schon bei den ersten Tönen hat er gesagt, das sei Lale Andersen.«

»Unsere Lale Andersen, die hier auf der Insel gelebt hat und auf dem Dünenfriedhof begraben liegt?« Kolbe blinzelte irritiert.

Frey zuckte mit den Schultern.»Ich kenne jedenfalls keine andere. Genau genommen kannte ich nicht mal die. Ich bin erst mal ins Internet, um nachzusehen, wer das war. Was ich aber gar nicht gemusst hätte, denn der Vater meines Kumpels hat uns ja gleich über die Frau aufgeklärt. Sie hat Ende der Dreißigerjahre einen großen Hit gehabt mit ... wie hieß das noch gleich ...?«

»Lili Marleen«, half Kolbe aus.

»Genau das wars. Allerdings war das Lied nicht auf den Bändern. Dafür aber ein paar andere. Und jetzt kommt der springende Punkt: Egon, das ist der Vater meines Kumpels, meinte, dass die Lieder alle unbekannt seien. Er kannte kein einziges davon und er hat sie sich alle angehört, mehrfach sogar. Er hat die ganze Nacht nicht geschlafen deswegen.«

»Er war sich aber sicher, dass es sich um Aufnahmen von Lale Andersen handelte?«, fragte Rieke.

Frey nickte.»Die Frau hatte ja wohl eine ziemlich markante Stimme. Und er sagte, das sei eindeutig. Wir haben dann ein bisschen nachgeforscht, wem der Dachboden früher mal gehört hat, von dem der Karton stammt. Und tatsächlich hat sich rausgestellt, dass ein Großvater des letzten Mieters möglicherweise bei der Electrola in Berlin Aufnahmeleiter war.«

»Nur, um ganz sicherzugehen, dass ich es verstanden habe«, warf Kolbe ein,»Sie, beziehungsweise dieser Egon, hielt es für möglich, dass es sich bei den Aufnahmen um bisher unveröffentlichtes Material gehandelt hat?«

Frey fasste sich an die Brust.»Ich hätte aus dem Kram überhaupt nichts rausgehört, aber Egon war total aus dem

38

Häuschen deswegen. Er hat auf Marcel eingeredet, dass diese Bänder Fachleuten vorgelegt werden müssen. Und dann hat sich Marcel auf die Suche gemacht.«

»Und weiter?«, fragte Rieke.

»Nichts weiter. Marcel hat überall rumtelefoniert, und das Ergebnis war, dass er sich hier auf Langeoog mit ein paar Leuten treffen wollte. Ein Plattenchef soll sogar dabei sein.«

»Moment«, sagte Kolbe, »das bedeutet, diese Leute sind jetzt im Augenblick hier? Hier auf Langeoog, meine ich?«

»Ich glaube, zwei von ihnen haben sogar hier in der Pension ein Zimmer. Jedenfalls hat Marcel mir das gestern noch am Telefon erklärt.«

Doreen Junker drehte sich zu ihm um. »Du hast das alles gewusst?«

Frey hob kurz die Hände an und ließ sie dann wieder auf die Sessellehnen sinken. »Ja.«

»Sie demnach nicht?«, fragte Kolbe.

Doreens Blick hatte seinen harten Ausdruck angenommen. In diesem Augenblick wirkte sie vollkommen unnahbar. Sie antwortete nicht.

»Ich schätze, dass er dich damit überraschen wollte«, erklärte Frey und legte seine Hand auf ihren Unterarm.

Doreen Junker befreite sich sofort aus dieser Umklammerung.

»Ich hatte keine Ahnung davon«, antwortete sie leise. »Nicht die geringste!«

»Besaß Herr Faber einen schwarzen Lederaktenkoffer?«, fragte Kolbe. Er beobachtete, wie Doreens Gesichtsausdruck Spuren der Irritation annahm. Dennoch war sie die erste, die antwortete.

»Er hatte sich so einen von irgendeinem Flohmarkt mitgebracht. Er war stolz auf dieses Schnäppchen, weil der Koffer noch fast wie neu war.«

Die Inselkommissare tauschten einen kurzen Blick miteinander.

»Die Sache ist die«, begann Rieke vorsichtig, »dass Marcel Faber den Koffer höchstwahrscheinlich auf dieser Reise bei sich hatte. Er wurde noch im Zug damit gesehen. Seit seiner Ermordung scheint dieser Koffer allerdings verschwunden zu sein.«

»Die Tonbänder!«, rief Frey und schlug mit der flachen Hand auf die Sessellehne. »Natürlich! Die Bänder müssen drin gewesen sein, was denn sonst? Man hat sie ihm gestohlen! Hat man noch Worte dafür?«

»Nach allem, was wir jetzt wissen, wäre dies ein mögliches Mordmotiv«, räumte Kolbe ein. »Wobei dieser Fall dennoch ziemlich fantastisch klingt. Ich habe keine Ahnung, was diese Bänder wert sind, falls sie denn echt sind. Sie vielleicht?«

Frey winkte ab. »Keine Ahnung. Wirklich nicht. Egon sprach zwar von einer musikalischen Sensation, aber ich denke, dass er vielleicht doch übertrieben hat. Außerdem wüsste ich nicht, wie viel diese angebliche Sensation in Euro wert wäre. Wir haben ihn natürlich danach gefragt, aber er wusste es ebenso wenig wie wir.«

»Wir werden der Sache auf jeden Fall nachgehen«, entschied Kolbe. »Dann wäre da für den Moment nur noch eine Sache zu klären. Dürfen wir Sie beide fragen, wo Sie sich heute gegen siebzehn Uhr aufgehalten haben? Sie waren doch zu dem Zeitpunkt schon auf der Insel, richtig?«

»Um siebzehn Uhr, sagen Sie?« Doreen Junker streifte den Ärmel ihres Kleids hoch und blickte auf ihre zierliche goldene Armbanduhr. »Um siebzehn Uhr waren Benno und ich schwimmen.«

»Bei dem Wetter?«, fragte Kolbe.

Doreen schüttelte den Kopf. »Die Pension hat einen großen beheizten Pool im Keller. Da das Wetter draußen so mies war und es noch dauern würde, bis Marcel hier war, haben wir die Zeit genutzt, um ein paar Runden zu drehen.«

»Sie können das bestätigen, Herr Frey?«

»Aber ja, natürlich. Das heißt … ich bin ein paar Minuten früher aus dem Pool. Vielleicht zehn Minuten. Ich wollte um siebzehn Uhr auf meinem Zimmer sein.«

»Wozu das?«, hakte Rieke nach. »Hatten Sie eine Verabredung?«

»Um die Zeit öffnet sich im Internet ein Fenster für den Verkauf von Konzerttickets. AC/DC in Hamburg. Die Karten sind immer irre schnell weg.«

»Haben Sie noch welche bekommen?«, fragte Kolbe.

Frey machte ein sauertöpfisches Gesicht. »Nein. Weil die Internetverbindung genau in dem Augenblick abgebrochen ist. Jetzt kann ich bis nächste Woche warten und hoffen, dass es dann klappt.«

»Wie auch immer«, sagte Doreen, »falls Sie annehmen, es hätte jemand von uns getan, müssen wir Sie enttäuschen. Keiner von uns hätte es in zehn Minuten tropfnass von hier aus bis zum Bahnhof geschafft, um Marcel umzubringen.«

»Das hat auch niemand von uns behauptet«, versuchte Rieke zu besänftigen.

»Aber gedacht haben Sie es ganz sicher«, gab die Blondine unterkühlt zurück.

Die beiden Inselkommissare erhoben sich von der Couch. Es herrschte eine betretene Stimmung, als sie sich zum Gehen wandten.

Am Durchgang zum Haus drehte Kolbe sich noch einmal zu Benno Frey um. »Können Sie mir sagen, wer alles von der Existenz der Tonbänder gewusst haben kann?«

Frey schien verblüfft. Er hob kurz die Arme und ließ sie gleich wieder sinken. »Alle, mit denen Marcel darüber gesprochen hat. Wer das im Einzelnen gewesen ist, weiß ich nicht. Aber es waren sicher eine Menge Leute. Er hat ja auch kein Geheimnis um diese Tonbänder gemacht. Er hat es allen erzählt, die es hören wollten.«

»In Ordnung«, sagte Kolbe mit einem Kopfnicken. »Wir werden Sie über die Ermittlungen auf dem Laufenden halten. Sollte Ihnen noch etwas einfallen, setzen Sie sich bitte umgehend mit uns in Verbindung.«

Die Inselkommissare ließen die beiden anderen im Wintergarten zurück.

»Seltsame Konstellation«, sagte Rieke leise.

Ihr Kollege warf ihr einen schnellen Blick zu. »Was meinst du?«

»Na, diese drei. Faber, Frey und Doreen Junker. Faber erzählt seiner Verlobten nichts von dem Dachbodenfund, dafür aber seinem besten Kumpel Benno Frey. Der wiederum reist anscheinend mit Fabers Verlobter gemeinsam herum und geht mit ihr schwimmen. Überhaupt scheinen die beiden sehr vertraut miteinander zu sein.«

»Die drei sind beste Freunde«, erinnerte Kolbe mit einem Schulterzucken.

Rieke schien darüber nachzudenken. »Ich habe mich nur gerade gefragt, wie weit diese Freundschaft wohl reicht.«

Sie ließen diesen Gedanken unkommentiert im Raum stehen, während sie den Weg zurückverfolgten, den sie gekommen waren.

In der Diele der Pension, die gleichzeitig so etwas wie eine Rezeption darstellte, trafen sie auf die Inhaberin Frau Westermann.

Rieke Voss ordnete ihr Haar und trat an den holzvertäfelten Tresen heran, der mit Muscheln und anderen maritimen Accessoires verziert war.

»Entschuldigen Sie, können Sie uns sagen, ob gestern oder heute Gäste angereist sind, die nach Herrn Marcel Faber gefragt haben? Oder können Sie uns einen Einblick in Ihre Reservierungen geben?«

Die dunkelhaarige Besitzerin hatte einen leicht abschätzenden Gesichtsausdruck aufgesetzt, während sie die beiden Beamten beäugte.

»Das ist eine kleine Pension, wie Sie vielleicht schon bemerkt haben werden. Gestern ist ein Herr angereist. Sein Name ist Friedemann Bleeker. Heute kam ein weiterer Gast dazu. Er hat sich unter dem Namen Lucas Krause hier angemeldet.«

»Wann ist Herr Krause eingetroffen?«, fragte die Kommissarin.

»Heute gegen sechzehn Uhr. Beide Herren haben in der Tat gefragt, ob Herr Faber schon hier angekommen sei.«

»Und was haben Sie geantwortet?«

»Dass ich ihn für später am Tag erwarte. Was hätte ich sonst antworten sollen? Er war ja noch nicht da.«

»Haben die beiden Herren Telefon auf ihrem Zimmer?«, fragte Rieke.

»Natürlich haben sie das«, antwortete die Frau leicht pikiert. »Unsere Zimmer sind mit allem Komfort ausgestattet.«

»Würden Sie die beiden Herren dann bitte für uns anrufen und sie hierher in die Halle bitten?«

Die Inhaberin zog die Lippen kraus. Dann nickte sie. Gleich darauf drehte sie sich um und führte direkt hintereinander zwei sehr kurze Telefonate im vertraulichen Flüsterton. Daraufhin wandte sie sich wieder den beiden Beamten zu.

»Darf ich zur Abwechslung vielleicht auch mal eine Frage stellen? Was ist denn eigentlich passiert? Was ist mit Herrn Faber? Sie sind doch seinetwegen hier, richtig?«

»Herr Faber ist heute Nachmittag im Zug von Langeoog ermordet worden.« Rieke Voss hatte leise gesprochen. Ihre Worte zeigten jedoch eine enorme Wirkung.

Gabriele Westermann schnappte nach dem Medaillon, das an einer Kette um ihren Hals baumelte und rieb mit ihren Fingern daran herum.

»Ach du lieber Gott«, flüsterte sie. »Das ist ja furchtbar! Wer macht denn nur so etwas?«

Rieke nickte der Frau besänftigend zu. »Um das herauszufinden, sind wir hier.«

Kapitel 6

Friedemann Bleeker war der Erste, der die Treppe herunterkam. Sein Gang war verhalten, fast vorsichtig, als fürchtete er, dabei irgendein Geräusch zu verursachen. Er trug eine graue Flanellhose und einen dünnen Rollkragenpullover. Darüber hatte er ein Jackett geworfen. Sein Kopf hatte eine Form, die beim Betrachter den Gedanken an ein hart gekochtes Frühstücksei auslöste. Er wurde von einem schmalen, sorgfältig frisierten Haarkranz umsäumt.

»Ich habe gehört, Sie wollten mich sprechen?«

Er war in der Mitte der Diele stehen geblieben. Eine hochgewachsene Gestalt. Seine Haltung war leicht gekrümmt. Die Hände hatte er vor seinem dezenten Bauchansatz ineinandergelegt. Bleeker sah die beiden Inselkommissare erwartungsvoll an.

»Das ist richtig«, antwortete Rieke Voss. »Danke, dass Sie sich die Zeit für uns genommen haben. Wir wollen noch eben auf einen weiteren Gast warten. Sein Name ist Lucas Krause. Vielleicht kennen Sie sich?«

Bleeker runzelte kurz die hohe Stirn. »Kennen wäre zu viel gesagt. Ich bin ihm heute auf dem Flur begegnet und einmal draußen vor dem Haus. Worum geht es denn eigentlich, wenn ich fragen darf?«

Die Kommissarin lächelte ihn an. »Das werden wir Ihnen gleich erklären.«

Sie mussten noch ein paar Minuten auf Lucas Krause warten. Er eilte sportlich und leger gekleidet die Stufen hinunter und sah aus, als hätte er sich gerade zum Ausgehen umgezogen. Seine Kurzhaarfrisur war frisch gestylt und ihn umgab ein Duft von Herrenparfüm. Forsch trat er auf die beiden Beamten zu und stellte eine sehr ähnliche Frage wie Friedemann Bleeker kurz zuvor.

Die Inselkommissare leiteten die beiden Männer in den angrenzenden Frühstücksraum hinüber. Er war angenehm eingerichtet und vermittelte eine leicht maritim angehauchte Atmosphäre. Die Tische waren mit weißen Leinentüchern gedeckt. Darauf befanden sich bereits Teller, Tassen und Besteck für den nächsten Morgen.

Sie suchten sich eine abgelegene Ecke und zogen sich ein paar Stühle heran.

Lucas Krause ließ sich in einer lockeren Bewegung nieder und schlug seine Beine übereinander.»Jetzt bin ich allerdings gespannt, was so wichtig sein kann, dass man uns hier zusammenkommen lässt.«

»Sie kennen Herrn Bleeker, nehme ich an?«, fragte Rieke und deutete auf Krauses Nebenmann.

Krause tat so, als hätte er den anderen gerade erst wahrgenommen.»Ja. Nein. Ich glaube, wir sind aus demselben Grund nach Langeoog gekommen. Diese Sache mit den Tonbändern. Aber wir hatten noch keine Gelegenheit, darüber zu sprechen. Was ist denn eigentlich los? Was ist passiert?«

»Das würde ich auch gerne wissen«, fügte Bleeker ein wenig pikiert hinzu.

»Es geht um Herrn Faber«, erklärte Rieke Voss.»Er ist heute am späten Nachmittag ermordet in einem Personenwagen des Langeoog-Express' aufgefunden worden.«

»Der Mann wurde erstochen«, fügte Kolbe mit ruhiger Stimme hinzu.»Mit einem recht auffälligen Dolch.«

Krause ließ sich auf seinem Stuhl nach hinten sinken. Er legte den Kopf leicht in den Nacken und starrte für einen Moment gegen die hohe, stuckverzierte Decke des Saals.

Der Mann auf dem Stuhl neben ihm verzog das Gesicht, so als hätte er sich die Tat gerade am eigenen Leib vorgestellt.

»Erstochen«, wiederholte Bleeker so leise, dass er beinahe flüsterte.»Was für eine entsetzliche Sache. Wer hat das getan?«

»Das wissen wir noch nicht«, antwortete Rieke.»Wir stehen noch am Anfang unserer Ermittlungen.«

Bleeker nickte, in Gedanken versunken.»Und was … was haben wir damit zu tun? Ich meine, warum wollen Sie uns sprechen?«

45

»Wie uns zu Ohren gekommen ist, hatten Sie beide mit Herrn Faber eine Verabredung«, erklärte Kolbe. »Wann und wo hätte die eigentlich stattfinden sollen?«

»Morgen Mittag«, antwortete Krause. »Im Strandhotel. Wir waren da zum Essen verabredet.«

»Wer genau?«, hakte der Kommissar nach.

Krause warf seinem Nebenmann einen kurzen Blick zu. »Herr Bleeker, Herr Faber natürlich, dann meine Wenigkeit und schließlich noch Thalberg.«

»Thalberg? Wer ist das?«

Krause sah den Beamten an, als hätte der ihm gerade erklärt, er stamme von einer außerirdischen Lebensform ab.

»Na Thalberg. Mario Thalberg, der große Musikproduzent und Plattenboss. Noch nie was von ihm gehört?«

Kolbe warf seiner Kollegin einen hilfesuchenden Blick zu. »Ich fürchte, wir sind beide auf diesem Gebiet nicht allzu bewandert«, half Rieke aus.

»Ah«, machte Krause und bemühte sich nur halbwegs, nicht zu viel Mitleid in diesem Laut mitklingen zu lassen.

»Kein Problem«, fuhr er fort. »Ich helfe gerne, die Lücke zu füllen. Thalberg ist hierzulande groß im Schlagergeschäft. Er hat noch ein paar alte Ikonen unter Vertrag, die ihm immer noch die meiste Kohle bringen. Im Sommer sind es die Schlagerfestivals und im Winter die Weihnachtsalben, die sie alle, wie sie da sind, für Thalberg aufnehmen müssen. In letzter Zeit beschäftigt er allerdings auch ein paar sogenannte Scouts, die den Schlagernachwuchs für ihn abfischen sollen. Weil die alten Recken langsam aussterben. Keiner will sehen, wie die mit einem Rollstuhl auf die Bühne geschoben werden, deswegen muss er in der Richtung langsam was tun.«

»Thalberg ist also auf Langeoog«, sagte Rieke. »Und ich nehme an, er hat Interesse an den Tonbändern gezeigt?«

»Genau wie ich«, antwortete Krause. »Faber hat uns nämlich beide angerufen, müssen Sie wissen. Falls Sie mich nicht kennen sollten: Ich bin Manager bei einer großen Plattenfirma. Da betreue ich ein eigenes Label. Ballermann Hits, Après Ski, Silvesterkracher – der ganze Partybereich.«

Kolbe sah sein Gegenüber irritiert an. »Das ist – entschuldigen Sie – nicht unbedingt das, was ich mit dem Namen Lale Andersen verbinde. Es sei denn, Sie wollen eine Techno-Version von ›Ein Schiff wird kommen‹ bringen.« Krause lachte und schlug sich dabei aufs Knie. »Kein schlechter Vorschlag. Gab es aber schon, soweit ich weiß. Nein, wir sind einfach an neuen Sachen interessiert. Auch wenn sie alt sind. Klingt vielleicht auf den ersten Blick irritierend, aber Musik von toten Künstlern ist immer noch ein Markt, der nicht zu unterschätzen ist. Denken Sie nur an Elvis oder die Beatles. Alle paar Jahre taucht von irgendwo her noch ein unveröffentlichter Song auf.«

»Verstehe«, sagte Kolbe. »Herr Faber hat also Thalberg und Sie angerufen, um Ihnen die Tonbänder zu verkaufen. Ist das richtig?«

Krause machte eine abwägende Geste. »Im besten Fall wäre es vielleicht dazu gekommen. Natürlich müssen vor einer möglichen Veröffentlichung noch eine Menge rechtliche Fragen geklärt werden. Erben müssen ausfindig gemacht werden und so weiter. Ganz am Anfang allerdings steht eine ganz entscheidende Frage. Nämlich die, ob die Stimme auf den gefundenen Tonbändern tatsächlich Lale Andersen gehört.«

»Und da kommen Sie ins Spiel, nehme ich an?«, fragte Rieke und nickte in Bleekers Richtung.

Der Angesprochene entfernte ein unsichtbares Staubkörnchen von seinem rechten Hosenbein.

»Das ist korrekt. Ich bin im Grunde der Erste, der diese Aufnahmen hören sollte, denn ich bin mit Frau Andersens Stimme so vertraut wie kaum ein anderer.« Bleeker legte eine bedeutungsschwere Pause ein und versuchte dabei, die Blicke der anderen auf sich zu ziehen, was ihm jedoch nicht recht gelang.

»Ich leite ein Schlagerarchiv, in dem wir uns schwerpunktmäßig mit der Musik im und nach dem Zweiten Weltkrieg und während der Nachkriegszeit befassen. Ich kenne jedes einzelne Lied, das Lale Andersen jemals aufgenommen und auf Tonträger veröffentlicht hat. Ich kenne jeden ihrer

47

Fernsehauftritte und die ganze Palette der Rundfunkaufnahmen. Ich bin mit ihrer einzigartigen Stimme absolut vertraut. Wenn es einen Experten dafür gibt, um festzustellen, ob es sich um echte Aufnahmen dieser einzigartigen Künstlerin handelt, dann bin ich es. Das darf ich wohl mit Fug und Recht behaupten.«

Bleeker schickte einen giftigen Blick in Krauses Richtung ab und wandte sich danach wieder den Kommissaren zu.

»Gut, dass wir das geklärt haben«, stellte Rieke fest. »Ich denke, wir haben inzwischen einen ungefähren Überblick, worum es bei dieser Sache überhaupt geht. Kommen wir jetzt aber noch mal auf Herrn Faber zurück. Es ist nicht auszuschließen, dass die Tonbänder in gewisser Weise ein Motiv darstellen können, warum man ihn umgebracht hat. Zumal sein Aktenkoffer, in dem wir ebendiese Bänder vermuten, offenbar gestohlen worden ist.«

»Die Bänder sind weg?« Bleeker hatte sich ruckartig nach vorn gebeugt, sodass es beinahe den Anschein hatte, er würde in der nächsten Sekunde vom Stuhl fallen.

»Wir wissen es nicht mit Sicherheit«, stellte Rieke Voss richtig. »Fest steht nur, dass der Koffer im Zug gesehen wurde und nun nicht mehr da ist.«

»Aber das wäre ja eine Katastrophe!« Bleeker blickte von einem zum anderen.

Krause rutschte auf seinem Stuhl nach vorne. »Es wäre wirklich ärgerlich, wenn das Zeug weg wäre. Dann hätte ich die Zeit hier auf der Insel im wahrsten Sinne des Wortes in den Sand gesetzt.«

»Ihre Zeit?«, schnappte Bleeker in Krauses Richtung. »Wen kümmert das? Wenn es tatsächlich Originalaufnahmen waren und sie in unbefugte Hände gelangen, könnten sie unter Umständen für immer verloren sein!«

»Es sei denn«, schaltete sich Kolbe ein, »dass jemand ganz genau wusste, was er da an sich genommen hat.«

»Und das würde den Kreis der Verdächtigen ziemlich einschränken, habe ich recht?«, fragte Krause. Er nagte an seiner Unterlippe, während sein Blick immer wieder zu Bleeker hinüber wanderte.

»Die Tatzeit kann ziemlich genau mit siebzehn Uhr angegeben werden«, erklärte Rieke. »Nur, um sicherzugehen, würden wir Sie gerne fragen, wo Sie sich um diese Zeit aufgehalten haben.«

Friedemann Bleeker räusperte sich. »Ich bin hier gewesen, hier in der Pension. Auf meinem Zimmer. Das Wetter war eindeutig zu schlecht, um sich draußen aufzuhalten.«

»Mit der richtigen Kleidung ist das alles kein Problem«, gab die Kommissarin mit einem leisen Lächeln zurück. »Kann Ihre Aussage durch jemanden bestätigt werden, Herr Bleeker?«

»Ich fürchte nicht, da ich allein auf meinem Zimmer war. Ich habe gelesen, wenn Sie es genau wissen wollen.«

»Und Sie?« Riekes Blick ging zu Bleekers Sitznachbarn.

»Ich bin um die Zeit draußen gewesen«, antwortete der Manager. »Allerdings nicht am Bahnhof, sondern am Strand. Ich wollte mir vor dem Abendessen noch ein bisschen die Füße vertreten. Ich bin dabei vom Regen überrascht worden.«

»Hat Sie jemand gesehen?«, hakte die Kommissarin nach.

Krause lächelte. »Sicher einige. Es waren nämlich trotz des Regenwetters genügend Spaziergänger unterwegs. Aber niemand, den ich kenne, oder, was sicher für Sie noch wichtiger wäre, niemand, der sich an mich erinnern würde.«

»Wie schade«, sagte Kolbe. »Nicht einmal Frau Westermann hat Sie gesehen, als sie das Haus verließen oder wieder zurückkamen?«

»Es tut mir leid, wenn ich Sie auch da enttäuschen muss. Ich glaube, sie sah mich, als ich nach draußen ging. Das muss kurz nach vier gewesen sein. Aber als ich gegen halb sechs pitschnass zurückkam, war niemand in der Diele. Sie sehen nicht sehr zufrieden aus, Herr Kommissar.«

Kolbe zuckte mit den Schultern. »Es ist immerhin eine Aussage. Und wir sind beinahe mit unseren Fragen fertig. Eine Sache vielleicht noch: Hat einer von Ihnen schon einmal diesen Dolch gesehen?«

Kolbe hielt den beiden Männern sein Handy hin, auf dem er eine Aufnahme der Tatwaffe vergrößert hatte.

Bleeker beugte sich vor und kniff leicht die Augen zusammen, als er auf das Display blickte. »Ist das … hat man ihn damit … umgebracht?«

Der Inselkommissar nickte.

Krause war der Erste, der den Kopf schüttelte. »Ziemlich ungewöhnliches Ding. Aber nein. Ich habe es noch nie gesehen.«

»Ich ebenso wenig«, beeilte sich Bleeker zu versichern. »So etwas ist nicht meine Welt. Grässliches Ding. Es sollte verboten werden, so etwas mit sich herumzutragen.«

Kolbe nickte und steckte sein Handy wieder ein.

Die Inselkommissare erhoben sich gleichzeitig von ihren Plätzen.

»Wie lange haben Sie Ihre Zimmer hier gebucht?«, wollte Kolbe wissen.

»Bis übermorgen«, antwortete Bleeker.

Die Blicke der Anwesenden wanderten automatisch zu Krause.

Der zuckte mit den Schultern.

»Ich hab mir das Ende offen gehalten. Haben Sie einen besonderen Grund für Ihre Frage?«

»Es wäre gut, wenn Sie morgen Vormittag in die Dienststelle kämen, um Ihre Aussagen zu Protokoll zu geben. Wir können Sie natürlich nicht an der Abreise hindern. Wenn Sie sich allerdings dafür entscheiden sollten, noch etwas länger auf Langeoog zu bleiben, hätten wir sicher nichts dagegen.«

Krause nickte. »Ich verstehe.«

»Eine allerletzte Sache noch, bevor Sie uns los sind: Wie sollte eigentlich das Anhören der Tonbänder vonstattengehen? Ich meine … ist das nicht eine ziemlich veraltete Technik?«

Bleeker erhob sich ebenfalls und klopfte sich dabei eine Falte aus seinem Jackett.

»Ich habe mir von Herrn Faber eine Fotografie der Bänder schicken lassen und habe daraufhin ein Gerät bei einem ehemaligen Phonohändler in Bremen geordert. Ich habe früher schon mit ihm zusammengearbeitet.«

»Ist dieses Gerät schon hier?«

»Nein. Ich erwarte es morgen früh mit der ersten Fähre. Wieso fragen Sie?«

Der Kommissar hob die Schultern und ließ sie gleich darauf wieder sinken. »Aus keinem besonderen Grund. Ich glaube, es ist einfach nur technisches Interesse.«

»Wir danken Ihnen beiden für Ihre Mithilfe«, beendete Rieke Voss das Gespräch.

Die Inselkommissare blieben noch in der Diele, wo sie den beiden Männern nachsahen, wie sie die Treppe nach oben gingen.

Frau Westermann war nirgends zu sehen. Die kleine Rezeption war verwaist.

»Was meinst du?«, fragte Rieke leise. »Was hat es mit diesen Bändern auf sich?«

»Mir wäre wohler, wenn ich das wüsste«, gab Kolbe zurück.

»Und was hatte es mit deiner Frage nach dem Gerät auf sich?«

Ihr Kollege winkte ab. »Es war nur so eine dumme Idee. Vielleicht sollte ich besser noch eine Nacht darüber schlafen.«

Kapitel 7

Im Restaurant des Strandhotels herrschte an diesem Abend Hochbetrieb. Der Speisesaal war nahezu voll besetzt.

Kolbe und Voss warteten im Foyer, nachdem sie selbst kurz an einem Imbiss haltgemacht hatten, um sich ein Krabbenbrötchen (Rieke) und eine Portion Schaschlik mit Pommes frites (Kolbe) zu genehmigen. Der Kommissar war noch immer dabei, mit einer Papierserviette einen verdächtigen Fleck von seiner Jacke zu entfernen.

»Du machst es damit nur noch schlimmer«, bemerkte Rieke, die kurz verstohlen in den Saal gespäht hatte.

Kolbe warf missmutig einen Blick auf das Ergebnis seiner Arbeit. »Der Fleck ist jetzt noch größer, und die blöde Serviette hat gefusselt.«

»Sag ich ja.« Riekes Mundwinkel verzogen sich kurz.

»Ich hätte auch das Brötchen nehmen sollen«, murrte Kolbe und blickte sich nach einem Abfalleimer um, fand jedoch keinen.

»Die Thalbergs scheinen es sich heute Abend jedenfalls richtig gut gehen zu lassen«, sagte Rieke und deutete zum offenen Durchgang hinüber, von wo aus man einen Blick in den Gastraum werfen konnte. »Eben hat der Kellner eine neue Flasche Rotwein gebracht. Und dabei sind sie noch nicht mal beim Nachtisch angekommen.«

»Das kann sich ja noch hinziehen«, gab Kolbe leicht angespannt zurück. Er blickte zum wiederholten Mal auf seine Armbanduhr.

»Gibt es was Neues von zu Hause?«, fragte seine Kollegin.

Er schüttelte den Kopf. »Nichts Weltbewegendes. Bente und ihre Nichte scheinen sich zu vertragen. Es fand anscheinend auch schon eine erste Feindberührung mit Professor Ladengast statt.«

Rieke grinste, als ihr Kollege seinen Zimmernachbarn erwähnte. »Das ist so ein Typ, den ich auch ziemlich schräg und merkwürdig fand, als ich ihn das erste Mal sah.«

52

»Ich kenne ihn jetzt schon recht lange und denke immer noch das Gleiche«, gab Kolbe mit einem Grinsen zurück. Erneut sah er auf seine Armbanduhr. »Vielleicht hätten wir doch reingehen sollen, um die beiden zu befragen. Stattdessen stehen wir uns hier die Beine in den Bauch.« Seine Kollegin zwinkerte ihm zu. »Wir sind eben höflich.« Eine Hotelangestellte kam vorbei und fragte, ob sie etwas tun könne. Die Inselkommissare verneinten.

Wie die meisten Dinge im Leben fand irgendwann auch das Essen der Thalbergs ein Ende.

Von ihrer Position aus dem Foyer heraus beobachteten die Beamten, wie der Mann mit der beinahe unnatürlichen Gesichtsbräune und in dem auffallend roten Sakko die Rechnung verlangte und zahlte. Das Ehepaar wechselte noch ein paar Worte miteinander und erhob sich schließlich von den Plätzen. Langsam schlenderten sie Richtung Ausgang, wo Rieke die beiden abfing.

Sie stellte sich und ihren Kollegen vor und erklärte mit kurzen Worten die Situation, um das Paar schließlich in einen kleinen Nebenraum hinüberzuleiten, der ihnen zuvor von einer leitenden Angestellten des Hotels zur Verfügung gestellt worden war.

Sie traten ein. Kolbe schloss die Tür hinter ihnen und lehnte sich in Ermangelung von ausreichend Stühlen mit dem Rücken gegen die Wand.

Mario Thalberg war ein Mann, der die fünfzig bereits deutlich überschritten hatte. Sein Äußeres wirkte sehr gepflegt, konnte allerdings auch nicht verhehlen, dass es in Thalbergs Leben vielleicht nicht nur Höhen, sondern auch diverse Tiefen gegeben hatte, die ihre Spuren vor allem in seinem von Falten zerfurchten Gesicht hinterlassen hatten. Sein Haar war gefärbt, die Zähne waren künstlich.

Juliette Thalberg wirkte älter als ihr Mann, versuchte diesen Zustand jedoch zu kaschieren, indem sie eine entsprechende Menge Make-up aufgetragen und sich mit allerhand Schmuck behängt hatte, angefangen von einem auffälligen Anhänger, den sie um den Hals trug, bis hin zu den überdimensionalen goldenen Ohrclips, die im Licht der Deckenlampe funkelten.

»Faber ermordet«, wiederholte ihr Mann mit sonorer Stimme. »Das ist ein starkes Stück. Tja, das macht dann ja wohl diese ganze Aktion hier überfällig. Schade, ich hätte ihn gern kennengelernt. Vor allem hätte ich gerne gewusst, was an dieser Sache mit den Aufnahmen dran war. Aber das hat sich ja wohl ebenfalls erledigt, wenn die Bänder verschwunden sind.«

Juliette Thalberg verzog ihr Gesicht. »Ein Reinfall auf ganzer Linie. Nicht mal das Wetter spielt mit.«

»Sie sind seit drei Tagen auf Langeoog, wenn ich das richtig verstanden habe«, nahm Rieke die Befragung auf.

»Das ist richtig«, sprang Thalberg sofort an, »die Gelegenheit war gerade günstig für einen Kurztrip. Wir waren noch nie auf den Ostfriesischen Inseln, nicht, Liebes? Wir halten uns dann doch eher im Ausland auf. Oder fahren eben nach Sylt, wenn es denn sein muss.«

»Wobei das auch nicht mehr das ist, was es mal war«, sprang ihm seine Frau bei.

»Haben Sie Marcel Faber eigentlich je persönlich kennengelernt?«, fragte Rieke.

Der Musikproduzent schüttelte den Kopf. »Ich habe ihn überhaupt nicht kennengelernt. Ich habe nicht mal mit ihm telefoniert. Das hat meine Assistentin übernommen. Es ist ihr Job, mir bescheuerte oder nicht lukrative Anfragen vom Hals zu halten.«

Die Kommissarin nickte. »Aber ganz so bescheuert kann ja diese Sache nicht gewesen sein, sonst wären Sie wohl kaum hier.«

Kolbe beobachtete, wie sich Juliettes Gesicht erneut verzog und sie seiner Kollegin einen giftigen Blick über den kleinen Tisch hinweg zuwarf.

»Das ist wahr«, räumte Thalberg ein. »Ich gebe zu, die Sache klang ziemlich abenteuerlich. Wenn sie sich allerdings als wahr herausgestellt hätte … wer weiß, was dann noch hätte daraus werden können?«

»Sie vereinbarten ein Treffen mit Herrn Faber«, fuhr Rieke fort. »Es sollte hier in diesem Hotel stattfinden, wenn wir richtig informiert sind. Faber kam heute gegen siebzehn Uhr auf Langeoog an. Er hat währenddessen oder auch vorher nicht versucht, persönlich Kontakt zu Ihnen aufzunehmen?«

»Es gab keinen Anlass dafür«, erwiderte der Produzent. »Es war alles durch meine Assistentin arrangiert. Wir hätten uns morgen hier getroffen, um uns gemeinsam die Bänder anzuhören. Dieser bekloppte Krause sollte auch dabei sein. Gott weiß, warum. Ich schätze, es war die Idee von diesem Faber. Ach ja, und irgendein angeblicher Experte, der behauptet, sich mit den Sachen von Lale Andersen auszukennen. Wahrscheinlich ein Spinner, aber das geht mich nichts an. Ich hätte die Sachen vielleicht gekauft. Und dann hätte ich allein darüber entschieden, was damit passiert. Wie gesagt: Schade, dass nun nichts mehr draus wird.«

»Reine Zeitverschwendung«, kommentierte Juliette. »Ich hab's dir gleich gesagt.«

Thalberg tätschelte die Hand seiner Frau und hob kurz die Mundwinkel zu einem lustlosen Lächeln. »Ich weiß. Ich sollte viel häufiger auf dich hören, Liebes.«

»Wir müssen noch auf eine Sache zu sprechen kommen, die Ihnen vielleicht weniger gefallen wird«, erklärte Kolbe. »Es handelt sich dabei allerdings um eine reine Formsache. Wir müssen von Ihnen wissen, wo Sie beide heute gegen siebzehn Uhr gewesen sind.«

»Wieso müssen Sie das?«, entfuhr es Juliette. »Beziehen Sie uns jetzt etwa in Ihre Verdächtigungen ein? Das finde ich ja ungeheuerlich.«

Mario Thalberg legte erneut seine Hand auf die Rechte seiner Frau. »Lass gut sein, Liebes. Die Beamten machen doch nur ihre Arbeit. Es geht sicher um die gestohlenen Tonbänder, weißt du? Wer die hat, ist vermutlich auch der Mörder.«

»Natürlich weiß ich das«, giftete die Frau an seiner Seite zurück. »Versuch nicht immer, mich für dumm zu verkaufen.«

Thalberg warf Kolbe einen vielsagenden Blick zu, ehe er zu einer Antwort ansetzte.

»Meine Frau und ich haben am Nachmittag Tee in einem kleinen Café getrunken. Das hat sich ziemlich in die Länge gezogen, weil das Lokal rappelvoll war und offenbar nur eine Bedienung verfügbar war. Wir hatten gerade die Rechnung bezahlt und wollten uns auf den Weg zu einem kleinen Strandspaziergang machen, als ein furchtbarer Platzregen einsetzte. Wir sind dann gleich wieder zum Lokal zurück, um uns unterzustellen.«

»Aber natürlich war unser Tisch schon wieder besetzt«, fügte Juliette hinzu. »Wir haben uns dann zusammen mit einem Dutzend fremder Leute unter einen Sonnenschirm gedrängt. Eine unangenehme Sache war das.«

»Sie erinnern sich nicht zufällig an die genaue Zeit?«, hakte Kolbe nach.

Thalberg machte eine hilflose Geste und warf seiner Frau einen Blick zu.

»Es war kurz nach fünf, als wir wieder im Hotel ankamen. Das weiß ich so genau, weil ich genau in diesem Augenblick eine Textnachricht von meiner Freundin Louise bekommen habe. Ich kann sie ihnen zeigen. Die Nachricht, meine ich.«

»Danke, das wird nicht nötig sein«, gab Kolbe zurück.

»Was passiert denn jetzt weiter?«, wollte Thalberg wissen. »Ich nehme doch an, dass Sie beide nicht nur den möglichen Täter suchen werden, sondern auch die Tonbänder, habe ich recht? Und was passiert mit denen, falls sie wieder auftauchen?«

»Das wird sich zeigen«, antwortete der Kommissar. »Ich fürchte, dass die Bänder in dem Fall als Beweismittel sichergestellt werden müssen.«

»Da haben wir den Salat«, entfuhr es dem Produzenten. »Keine Chance, da heranzukommen, was? Na ja, dann werden wir diese Sache wohl abschreiben müssen. Machen wir also das Beste draus und hoffen wenigstens auf anständiges Wetter.«

Kapitel 8

Als Gerret Kolbe später am Abend das Haus betrat, in dem er seit seiner Ankunft auf Langeoog lebte, fand er Bente Franzen und ihre Nichte in der geräumigen Küche vor. Beim Eintreten glaubte Kolbe, ein leises Lachen der beiden gehört zu haben. Als Annekes Blick jedoch auf ihn fiel, machte sich ein leichter Ausdruck der Verunsicherung in ihrem Gesicht breit. Ein kurzes Aufflackern in ihrem Blick. Auch ihr Oberkörper versteifte sich für einen winzigen Moment, bevor sie sich scheinbar unbeteiligt der noch dampfenden Tasse Tee zuwandte, die vor ihr auf dem Tisch stand.

Bente Franzen schob Kolbe ein Gedeck hin. »Setz dich zu uns, der Tee ist noch ganz frisch. Gegessen hast du ja bereits, wie ich sehe.«

Der Kommissar zog seine Jacke aus und legte sie beiseite, bevor er sich an den Tisch setzte.

»Gibt es etwas Neues?«, fragte Bente, während sie die Tasse umdrehte und den Tee eingoss. »In dem Mordfall meine ich natürlich.«

»Nun ja«, begann Kolbe zögerlich und mit einem kurzen Blick auf Anneke, »du weißt ja, dass ich eigentlich nicht darüber reden darf. Dieses Mal schon gleich gar nicht, weil wir eine Zeugin unter uns haben.«

»Die meine Nichte ist, für die ich meine Hand ins Feuer lege«, hielt Bente dagegen. »Nun hab dich nicht so. Und ich hoffe, du legst Anneke gegenüber auch endlich dieses Gesieze ab. Das war ja geradezu peinlich.«

Kolbe stieß einen tiefen Seufzer aus.

»Also gut, ich bin Gerret«, sagte er und reichte Anneke seine Hand über den Tisch.

Sie erwiderte den Gruß zögernd und wand sich schnell wieder heraus.

»Ich hoffe, dir ist das Ganze nicht zu sehr auf den Magen geschlagen«, fuhr der Kommissar fort.

Sie zuckte mit den Schultern. »Eine angenehme Erfahrung war es nicht gerade. Ich möchte so etwas so schnell nicht wieder erleben.«

»Zum Glück ist das nicht zu befürchten«, antwortete Kolbe. »Rein statistisch gesehen ist es wahrscheinlicher, einen Herzinfarkt auf der Kegelbahn zu bekommen, als zweimal im Leben in einen Mordfall verwickelt zu werden. Das gilt sogar für den Fall, wenn man überhaupt nicht kegeln geht.«

»Das hast du dir doch gerade ausgedacht«, sagte Bente. Um ihre Lippen zuckte ein amüsiertes Lächeln.

»Ertappt«, gestand Kolbe und wurde gleich darauf wieder ernst. »Der Koffer ist nach wie vor nicht wieder aufgetaucht. Aller Wahrscheinlichkeit befinden sich alte Tonbänder darin, die unveröffentlichtes Material von Lale Andersen enthalten könnten.«

Bente fielen zwei Kluntjes zu viel in ihren Tee. Ein paar Tropfen der dunklen Flüssigkeit spritzten auf das saubere Tischtuch, was kurz einen ärgerlichen Ausdruck in ihrem Gesicht verursachte.

»Wie bitte? Aber sie ist doch schon seit … wie vielen Jahren tot?«

Im Flur hinter der Küche ertönte ein Geräusch. Professor Ladengast war nach Hause gekommen. Er tauchte im nächsten Moment auf der Schwelle auf und blinzelte die Anwesenden mit erwachendem Interesse an.

»Lale Andersen«, begann er im Ton eines Dozenten, »die mit bürgerlichem Namen eigentlich Liese-Lotte Helene Berta Bunnenberg hieß, starb, wenn ich mich recht entsinne, am neunundzwanzigsten August neunzehnhundertzweiundsiebzig in Wien, wo ihr Leichnam meines Wissens auch eingeäschert wurde. Ihre Urne wurde daraufhin nach Langeoog überführt, wo sie auf dem Dünenfriedhof beigesetzt wurde. Kann ich bitte auch eine Tasse Tee bekommen? Mein Hals kratzt ein wenig.«

Damit setzte sich Ladengast an den Tisch und sah Bente Franzen schweigend und dankbar zu, wie sie seine Tasse befüllte. Nebenbei griff er nach dem Teller mit Sanddornplätzchen und schob sich eines davon in den Mund.

58

»Habe heute kaum etwas zu mir genommen«, sagte er kauend zur Erklärung, »ich war fast den ganzen Tag am Strand unterwegs und habe mit Molly Aufnahmen gemacht.«

»Ich weiß jetzt schon, ich werde es bereuen«, warf Kolbe ein, »aber wer um alles in der Welt ist Molly?«

Ladengast kaute zu Ende, wobei er den Kommissar kopfschüttelnd ansah. »Na, meine alte Spiegelreflexkamera. Ich arbeite doch momentan an einer Artikelserie über das Strandleben der Deutschen im Sommer. Oder das, was wir dafür halten.« Er nahm ein weiteres Plätzchen, führte es zum Mund, biss aber nicht hinein, da ihm offensichtlich noch etwas eingefallen war. »Ich habe mir das nicht ausgedacht. Ist eine Auftragsarbeit für eine Illustrierte. Eigentlich sollte ich Prominente fotografieren und befragen, aber die scheinen im Augenblick recht lichtscheu zu sein. Wenn denn überhaupt momentan welche auf der Insel sind.« Wieder machte sich der Keks auf den Weg zum Mund und verharrte schließlich doch kurz vor den Lippen des Professors. »Mit knallhartem Journalismus hat das Ganze nichts zu tun. Aber der Auftrag wird gut bezahlt. Und wenn ich nicht will, dass Franzie mich auf die Straße setzt, muss ich hin und wieder solche Sachen annehmen.« Ladengast betrachtete den Keks mit der leicht schillernden Marmelade zwischen seinen Fingern und schob ihn sich in den Mund, wo er ihn genüsslich zerkaute.

»Jedenfalls ist nicht auszuschließen, dass die Tonbänder mit dem Mordmotiv zu tun haben«, brachte Kolbe das Gespräch wieder auf das eigentliche Thema zurück.

»Mh«, machte Ladengast, »der Tote im Eisenbahnwaggon. Habe schon davon gehört und dachte mir gleich, dass Sie Ihre Finger drin haben. Ein Stich ins Herz? Oder wie?«

»Sie sind wirklich erstaunlich gut informiert«, bemerkte der Kommissar.

»Das gehört zu meinem Job«, sagte Ladengast, während er schon wieder nach dem Plätzchenteller schielte. »Ich frage mich nur, wie das passieren konnte.«

»Wie meinen Sie das?«

Ladengast fuchtelte mit einem Keks herum.»Nun ja, wie die Tat ausgeübt wurde, meine ich. Hat das Opfer den Täter denn nicht kommen sehen? Es ist doch eine äußerst ungewöhnliche Situation, nicht? Wie ich hörte, befanden sich zur Tatzeit nur zwei Personen im Abteil. Das Opfer und diese charmante Dame hier, die ich vorhin zwischendurch bei einem kleinen Intermezzo hier im Haus bereits kennenlernen durfte.«

»Das ist so ziemlich alles, was wir wissen«, räumte Kolbe ein und vermied es dabei, Anneke Pabst anzusehen.

Ladengast räusperte sich und rutschte rastlos auf seinem Stuhl hin und her.

»Was mich daran irritiert ist Folgendes: Der Zug ist an seiner Endstation angekommen. Alle Fahrgäste steigen aus. Nur das Opfer nicht. Warum?«

»Vielleicht hatte er keine Gelegenheit mehr dazu«, warf Bente Franzen ein.

Ladengast schien mit der Antwort nicht zufrieden. Er schüttelte den Kopf.»Dieser Faber muss doch die Person gesehen haben, die in den Wagen eingestiegen ist. Ist sie ihm denn nicht frontal entgegengekommen? Warum hat er so lange stillgehalten und keine Vorkehrungen getroffen, zu fliehen. Oder hat er das etwa getan?«

»Der Wagen hat zwei Ein- und Ausstiegsmöglichkeiten«, erklärte Kolbe.»An jedem Ende eine. Ich vermute, dass der Täter den hinteren Einstieg gewählt hat. Da Faber aus dieser Richtung gesehen auf dem ersten Platz neben der Tür saß, könnte sich der Mord folgendermaßen abgespielt haben.«

Der Kommissar erhob sich von seinem Stuhl und trat kurz über die Schwelle der Küchentür in den Flur.

Von dort tauchte er plötzlich wie ein dunkler Schatten auf, trat mit einem langen Schritt hinter Ladengast und schlug seinem Zimmernachbarn sanft die geballte Faust gegen die linke Brust, in der ein unbenutzter Teelöffel steckte.

Ladengast stieß einen überraschten Laut aus und hatte Mühe, sich nicht an den letzten Kekskrümeln in seinem Rachen zu verschlucken.

»Gut, meinetwegen«, räumte der Alte widerwillig ein. »Das war allerdings keine faire Aktion von Ihnen. Und geben Sie meinen Löffel wieder her.«

»Der Täter hat in jedem Fall sehr schnell gehandelt«, führte Kolbe weiter aus, als er sich wieder an den Tisch setzte. »Er ist dabei ein recht hohes Risiko eingegangen. Aber scheinbar ist es ihm gelungen, die Tat auszuüben und dann wieder auf den Bahnsteig zurückzukehren, wo er zusammen mit den anderen Reisegästen den Bahnhof verlassen hat. Oder würdest du mir da widersprechen, Anneke?«

Die junge Frau zuckte leicht zusammen. Sie schüttelte den Kopf und schien sich unter dem Blick des Kommissars unwohl zu fühlen.

»Ich hab doch schon gesagt, was ich weiß und was ich gesehen habe. Ich war eingeschlafen und ich hatte Musik auf den Ohren. Und gesehen habe ich nur diesen Mann, der kurz darauf weggerannt ist.«

»Das ist ja hochinteressant«, bemerkte Ladengast. »Demnach gibt es also schon einen Verdächtigen?«

»Das erinnert mich an das Phantombild, dass Enno uns schon längst hätte zusenden sollen.«

Kolbe fingerte sein Handy aus der Hemdtasche und öffnete die App. »Oh, mein Fehler. Er hat es vor ein paar Minuten getan.«

Kolbe warf einen Blick auf das Bild. Seine Augen weiteten sich unmerklich dabei. In dieser Sekunde klingelte sein Telefon!

***

»Kannst du frei sprechen?«

Die Stimme seiner Kollegin klang aufgeregter als sonst. Sie hatte immerhin auch einen guten Grund.

Kolbe schloss die Tür seines Zimmers im ersten Stock hinter sich.

»Ich habe es auch gerade gesehen«, antwortete er leise, während er mit der freien Hand das Fenster schloss.

»Wenn das keine Überraschung ist«, platzte es aus seiner Kollegin heraus. »Dass die Zeichnung so gut getroffen ist und auch noch eine bekannte Person in dieser Sache zeigt, damit konnten wir doch gar nicht rechnen.«

»So etwas nennt man wohl einen Glückstreffer«, antwortete der Kommissar. »Allerdings bestätigt es auch unseren Verdacht, dass es tatsächlich um die Tonbänder geht.«

»Was machen wir jetzt?«, fragte Rieke. »Sofortiger Zugriff?«

»War auch mein erster Gedanke«, gab Kolbe zurück. »Aber dann dachte ich daran, dass die Gefahr besteht, dass wir nicht an die Bänder herankommen. Die könnten ja inzwischen sonst wo gelandet sein.«

»Stimmt. Hast du eine bessere Idee?«

»Ob sie besser ist, weiß ich nicht. Das wird sich zeigen müssen.«

»Okay, ich höre«, sagte Rieke, »dann schieß mal los!«

Kapitel 9

Es war an diesem Tag nicht mehr richtig hell geworden. Die Wolkenfront hatte die Ostfriesischen Inseln eingehüllt wie in ein graues Tuch. Zuletzt verblassten auch noch die von Schlieren durchzogenen helleren Flecken, die hin und wieder dort aufgetreten waren, wo sich die Wolken zu einer Einheit verbinden wollten. Die Dunkelheit senkte sich nach und nach über Langeoog, während sich im Wattenmeer schäumende Wellen bildeten, die an den Strand der Insel rollten und dabei ein grollendes Geräusch erzeugten.

Regenschauer peitschten immer wieder über den schmalen Streifen Land, ein böiger Wind knickte die Ufergräser, die den Naturgewalten schutzlos ausgeliefert waren.

Zu allem Überfluss kündigte sich auch noch ein Gewitter an, das sich draußen über der See gebildet hatte und langsam immer näher getrieben wurde. Schon zuckte ein Blitz auf, der den dunklen Himmel für eine Sekunde spaltete und ins Meer einschlug. Ein dumpfes Donnergrollen war die Folge.

An der Tür der Pension *Lütt Deern* war ein Klopfen zu hören, dessen Klang sich hohl und knöchern durch die Diele fortsetzte.

Gabriele Westermann, die über ihrer Buchhaltung brütete, schreckte auf. Sie wusste, dass ihre Gäste sich momentan alle auf ihren Zimmern befanden. Immerhin war es bereits nach zweiundzwanzig Uhr.

Als sich das Klopfen wiederholte, erhob sie sich ein wenig unsicher und mit leicht pochendem Herzen von ihrem Stuhl und verließ den Schreibtisch, über dem eine kleine Leselampe brannte.

Das Licht flackerte kurz, als erneut ein Blitz aufzuckte. Gabriele Westermann zog ihre Strickjacke fester zusammen, als sie sich auf den Weg durch die Diele machte.

Der Raum lag dunkel und unheimlich vor ihr. Sie hatte vergessen, das Licht einzuschalten. Um dies zu tun, hätte sie umkehren müssen, doch sie entschied sich dagegen.

Das Geräusch ihrer Schritte erzeugte ein sanftes Echo, das von den Wänden zurückgeworfen wurde. Geräusche, die sie tagsüber im laufenden Betrieb niemals wahrnahm. Jetzt hingegen schien sie für solche Dinge nur allzu empfänglich zu sein.

Kurz bevor sie die halb gläserne Tür erreichte, wurde das Dunkel davor von einem weiteren Blitz erhellt. Für die Dauer von höchstens einer Sekunde wurden die Umrisse einer menschlichen Gestalt sichtbar. Die Silhouette einer Person, die einen Koffer in der Hand hielt.

Schon war das Bild wieder verschwunden. Gabriele Westermann bildete sich jedoch ein, diese Szene noch immer auf ihrer Netzhaut abgebildet zu sehen.

Das Klopfen wiederholte sich nicht. Die Gestalt stand scheinbar reglos vor der Tür und wartete. Ob sie ihre Schritte gehört hatte? Nein, dachte sie, das war bei dem Unwetter da draußen nahezu vollkommen unmöglich.

Der Regen, der für einen Augenblick pausiert hatte, setzte wieder ein. Sie hörte ihn auf die Gehwegplatten vor dem Haus prasseln.

Die Inhaberin streckte ihre Hand nach dem silbernen Schlüssel aus und drehte ihn im Schloss herum.

Als sie die Haustür ihrer Pension öffnete, drang ein Schwall Regen herein, klopfte pochend auf die altmodische hölzerne Türschwelle und hinterließ dort dunkle Flecken.

Gabrieles Blick heftete sich auf die dunkle Gestalt, die ganz und gar in ein Regencape gehüllt war.

Ein harter Donnerschlag brach sich Bahn und ließ die Glasvitrine neben ihr leicht erzittern.

Die Frau hob ihren Blick und versuchte, dem Fremden in die Augen zu sehen, was ihr nur schwerlich gelang.

»Guten Abend. Kann man wohl noch ein Zimmer bekommen?«

Für einen winzigen Augenblick wusste sie tatsächlich nicht, was sie darauf antworten sollte. Es war, als hätten ihr das aufziehende Unwetter und die düstere Erscheinung des späten Gasts die Sprache verschlagen.

»N-natürlich«, presste sie hervor. »Es ist zwar schon reichlich spät, aber … bitte, treten sie ein.«

Gabriele Westermann trat beiseite und beobachtete den Mann, wie er mit einem großen Ausfallschritt über die Schwelle in die Diele trat. Er wurde begleitet von einer heftigen Windbö und einem wahrhaftigen Schweif aus warmem Sommerregen, der meterweit auf den Fliesenboden geworfen wurde.

Hastig drückte sie sich gegen die Tür und warf sie ins Schloss, als wolle sie einen aufdringlichen Verfolger aussperren. Sie durchmaß die Diele mit langen Schritten und schaltete das Deckenlicht ein. Innerlich atmete sie auf. Es war ihr gelungen, der Szene wenigstens einen Teil ihrer Bedrohlichkeit zu nehmen.

Der Gast entledigte sich seines Capes. Zum Vorschein kam ein Mann von etwa Mitte vierzig. Er war unrasiert, und sein leicht schütteres Haar wirkte ungepflegt. Er trug eine abgewetzte braune Lederjacke, und ebenso wie er selbst hatte offenbar auch sein ramponierter Koffer schon bessere Zeiten gesehen.

»Mein Name ist Schäfer«, sagte er, während er näher an die Rezeption trat. »Tom Schäfer. Eigentlich Thomas. Ihre Pension ist mir empfohlen worden.«

Gabriele Westermann musterte ihren Gast erneut, bevor sie das altmodische Gästebuch aufschlug.

»Sie haben Glück, ich habe noch genau zwei Zimmer frei. Sie liegen beide im ersten Stock. Eines zur Straße und eines zum Garten raus. Welches von beiden möchten Sie?«

»Straße«, entgegnete der späte Gast und verzog seine Mundwinkel zu einem lahmen Grinsen. »Mit viel Betrieb ist da draußen ja wohl nicht zu rechnen, hm? Hab gehört, das ist 'ne autofreie Insel.«

»Bis auf ganz wenige Ausnahmen, ja«, bemerkte die Inhaberin.

Sie erledigten die notwendigen Formalitäten und Schäfer bekam seinen Zimmerschlüssel ausgehändigt.

»Wünschen Sie morgen früh ein Frühstück? Das käme dann allerdings extra.«

Der Gast winkte ab. »Nein, danke. Ich habe die Hoffnung, von jemandem eingeladen zu werden.«

»Ach so. Na, dann wünsche ich Ihnen viel Glück. Und eine gute Nacht.«

Schäfer grinste, hob seinen Koffer an, in dem sich nicht viel befinden konnte, und erwiderte den Gruß.

Gabriele Westermann sah ihm nach, wie er aufreizend langsam die Treppe hinauf schlenderte und sich dabei immer wieder umsah. Einmal noch lächelte er ihr zu, dann geriet er aus ihrem Blickfeld, worüber sie insgeheim dankbar war.

Sie überlegte, was diesen Mann um diese Zeit nach Langeoog gebracht hatte. Sie fragte es sich sogar im wörtlichen Sinn. Ob er ein eigenes Boot besaß? Oder hatte er zu dieser Zeit noch jemanden gefunden, der ihn mit auf die Insel genommen hatte? Die Möglichkeit, dass er tagsüber mit einer der Fähren gekommen war und sich den Tag auf der Insel vertrieben hatte, schien ihr nicht in den Sinn zu kommen, was vermutlich an dem Koffer des Mannes lag, den wohl niemand gern den halben Tag über von einem Punkt zum anderen geschleppt hätte.

In diese Überlegungen hinein dröhnte das erneute Klopfen an der Haustür. Dieses Mal zuckte Gabriele Westermann nicht nur zusammen, es löste sich auch ein leiser, erschrockener Ausruf aus ihrer Kehle.

Sie blickte zur Tür, hinter der es jetzt vollkommen dunkel war. Langsam trat sie hinter der Rezeption hervor und durchquerte die Diele erneut.

Argwöhnisch betrachtete sie die nassen Spuren, die der Regen auf dem Fußboden hinterlassen hatte. Sie würde sie wegwischen müssen, damit am nächsten Morgen keine verdächtigen Wasserflecken und ärgerliche Ränder zu beklagen waren.

Als sie die Tür öffnete, hatte der zweite späte Besucher gerade seine Hand zum erneuten Anklopfen erhoben.

Langsam ließ er sie sinken und bemerkte:»Ihre Klingel scheint kaputt zu sein.«

»Ich weiß«, antwortete Gabriele Westermann.»Ich habe dem Elektriker schon Bescheid gesagt, aber er hatte noch keinen Termin für mich.«

»Wenn Sie wollen, kann ich das erledigen. Ich denke, das würde ich schon hinbekommen.«

»Aber deswegen sind Sie doch wohl kaum um diese Zeit hier, oder?«

»Ursprünglich hätte ich gerne ein Zimmer gehabt«, antwortete der Mann.»Natürlich nur, wenn noch eines frei ist.« Der Wind ließ seine Hosenbeine flattern und zerrte an seiner Sommerjacke, die vollkommen durchnässt war.

»Kommen Sie erst mal rein, bevor Sie sich was wegholen«, sagte Gabriele und machte erneut den Weg frei.

Der Gast nickte dankbar und entkam in der nächsten Sekunde dem Wind und dem Regen, die ihm im Nacken saßen.

In der Diele angekommen, betrachtete er die Tropfspuren auf dem Fußboden und seine von der Nässe dunklen Jackenärmel.

»Der Verkäufer hat mir gesagt, die Jacke sei regenabweisend.«

»Da hat er Sie wohl schön an der Nase herumgeführt«, bemerkte die Inhaberin. Sie bedeutete ihrem Gast, ihr zur Rezeption zu folgen. Das Spiel wiederholte sich.

Der Mann bekam seinen Schlüssel in die Hand gedrückt, und damit war die Pension *Lütt Deern* für diese Nacht ausgebucht.

»Eine Sache noch«, sagte der Mann, bevor er sich zum Gehen wandte.»In diesem Haus wohnt doch ein gewisser Friedemann Bleeker, richtig?«

Gabriele Westermann verengte ihre Augen leicht.»Warum wollen Sie denn das wissen?«

»Ich bin ein Bekannter von ihm. Ich habe ihm ein Paket hierhergeschickt. Vermutlich ist es noch nicht angekommen. Ich rechne eher morgen früh damit. Wird die Post hier bei Ihnen abgegeben?«

»Für gewöhnlich ja«, antwortete die verdutzte Frau.

»Die Sache ist die: Ich würde es ihm nun doch gerne selbst überreichen. Hätten Sie wohl die Freundlichkeit, mich zu verständigen, wenn das Paket eintrifft? Es ist eine Überraschung für Herrn Bleeker und ich würde es ihm sehr gerne persönlich übergeben.«

»Ich weiß nicht recht«, gab sie zögernd zurück. »Herr Bleeker hat bereits davon gesprochen, dass er eine Sendung erwartet. Es schien ihm recht dringend zu sein.«

»Ich weiß«, sagte der Gast lächelnd. »Es wäre allerdings sehr wichtig und auch sehr freundlich von Ihnen, wenn Sie zuerst mich verständigen würden.« Während er sprach, zog der Mann eine Banknote aus der Tasche und schob sie unauffällig über den Tresen.

Gabriele Westermann warf einen kurzen Blick darauf und trat von einem Bein auf das andere. »Was Sie da tun, ist in diesem Haus eigentlich nicht üblich.«

»Das glaube ich Ihnen sofort. Wir wollen das auch nicht einreißen lassen, aber ich gebe Ihnen morgen noch einmal dasselbe, wenn Sie mir diesen kleinen Gefallen tun und darüber hinaus Herrn Bleeker nichts davon verraten.«

»Wegen der ... Überraschung, nehme ich an?«

Der Gast lächelte. »Wegen der Überraschung.«

Die Inhaberin griff nach dem Geldschein und ließ ihn in einer flinken Bewegung in der Tasche ihrer Strickjacke verschwinden.

»Danke«, sagte der Mann und nickte ihr freundlich zu. »Ich wünsche Ihnen eine gute Nacht. Um die defekte Klingel kümmere ich mich morgen.«

Gabriele Westermann erwiderte nichts. Zum zweiten Mal an diesem späten Abend sah sie einem Gast nach, der über die Treppe nach oben verschwand.

***

Der zweite Gast schlich die Treppe nach oben und tauchte in einen Korridor, in dem eine vereinzelte Lampe brannte. Er holte seinen Zimmerschlüssel hervor und wollte gerade aufschließen, als er einen dünnen Lichtschimmer bemerkte, der unter der Nachbartür hervordrang.

Der Mann ließ kurz von seinem Plan ab und näherte sich der Tür mit der Nummer sieben. Er trat so nahe wie möglich heran und legte sein rechtes Ohr gegen das Türblatt.

Eine männliche Stimme war gedämpft dahinter zu vernehmen.

»Nein. Ich bin vor ein paar Minuten erst angekommen. Ich hoffe wirklich, dass sich dieser ganze Aufwand lohnt und dass Sie nicht zu viel versprochen haben. Ich hätte ein paar Scheinchen nämlich im Augenblick ziemlich nötig. Aber darüber können wir uns auch noch morgen früh unterhalten. Ich werde mir jetzt noch einen Kleinen genehmigen und dann schlafen gehen. Also gute Nacht.«

Der Mann trat einen Schritt zurück und beeilte sich, zu seinem Zimmer zu kommen. Er drehte den Schlüssel herum, der noch im Schloss steckte, öffnete und huschte ins Dunkel.

Im Innern tastete seine Hand über die Tapete und fand schnell den Lichtschalter. Im nächsten Augenblick wurde es hell. Der späte Gast erblickte sich selbst in einem altmodischen Spiegel mit goldenem Rahmen.

Enno Dietz nickte sich selbst zu und flüsterte:»Bis hierhin ist ja zum Glück alles gut gegangen!«

Kapitel 10

Bente Franzens Haus im Polderweg lag in nahezu vollkommener Dunkelheit. Nur hin und wieder wurde es durch die Blitze aus seinem scheinbaren Schlummer gerissen, wenn es fahl und geisterhaft angeleuchtet wurde, kurz bevor sich ein drohendes Donnergrollen über die gesamte Szenerie legte. Die drei Birken vor Kolbes Fenster rauschten geheimnisvoll im Wind. Hin und wieder erfasste eine Brise den leichten Vorhang am geöffneten Dachfenster, bauschte ihn kurz auf, nur um ihn Sekunden später wieder wie eine leblose Hülle in sich zusammenfallen zu lassen.

Kolbe schlief tief und fest. Jedenfalls ließ sich das bis zu einem gewissen Punkt behaupten. Der Augenblick, in dem er glaubte, Geräusche auf dem oberen Korridor zu hören. Das war nicht einmal eine Seltenheit. Häufiger kam es vor, dass sein Zimmernachbar Ladengast nachts noch wach war oder sehr spät von einer seiner geheimnisvollen Wanderungen über die Insel zurückkehrte. Doch während der Professor bei seiner Heimkehr keinerlei Rücksichten nahm, schien es im Augenblick jemand darauf angelegt zu haben, so wenig Geräusche wie möglich zu verursachen. Was in einem alten Inselhaus wie diesem schon ein gewagtes Vorhaben war.

Kolbe setzte sich in seinem Bett auf und horchte in die Stille. Ein erneuter Blitz. Fahle Helligkeit drang durch den Spalt zwischen den Vorhängen, zerschnitt die Dunkelheit wie ein scharfes Schwert und warf einen Lichtkeil auf den Dielenfußboden.

Der hämmernde Donnerschlag ließ nicht lange auf sich warten. Offenbar hatte sich das Gewitter unmittelbar über Langeoog festgesetzt.

Auch die Person auf dem Flur musste kurz innegehalten haben. Jetzt hatte sie sich wieder in Bewegung gesetzt. Das leise Knarren einer Diele. Kolbe glaubte sogar zu wissen, um welche es sich handelte, so gut kannte er das Haus, in dem er seit seiner Ankunft auf der Insel lebte, immerhin schon.

Der Kommissar schlug seine Bettdecke zurück und schwang seine Beine aus dem Bett. Mit Daumen und Zeigefinger seiner Rechten wischte er sich den Schlaf aus den Augen und sah auf den kleinen Wecker auf seinem Nachtschrank. Es war kurz nach halb zwei.

Er stand auf und bewegte sich barfuß und in Boxershorts zur Tür. Im Vorbeigehen griff er nach dem T-Shirt vom Vortag und streifte es sich über.

Die Geräusche im Flur waren inzwischen verstummt.

Vorsichtig drückte Kolbe die Klinke herunter und öffnete seine Tür einen Spalt.

Seine Augen brauchten eine Weile, um sich an die Dunkelheit zu gewöhnen. Dann jedoch nahm er die ersten Konturen wahr, die nach und nach an Deutlichkeit und Schärfe gewannen.

Eine Gestalt stand vor der Tür des Professors. Leicht vornübergebeugt horchte sie offenbar nach Geräuschen, die aus dem Zimmer des Alten drangen.

Mit einer raschen Bewegung legte sie die Hand auf die Klinke und drückte sie herunter. Die Tür des Professors sprang mit einem leisen Knacken auf. Aus dem Innern des Zimmers waren ruhige und gleichmäßige Atemgeräusche zu hören. Ladengast hatte einen Schlaf, der so leicht durch nichts zu erschüttern war.

Noch ehe Kolbe reagieren konnte, war die Person im Dunkel des Zimmers verschwunden, als hätte der Raum sie selbst eingeatmet.

Die Tür blieb offen stehen. Aus dem Innern war das leise Knarren eines Dielenbretts zu hören.

Kolbe wagte sich aus seiner Deckung. Er schlich über den Flur, trat über den Läufer, der in der Nähe der Treppe lag und näherte sich Ladengasts Zimmer. Auf der Türschwelle blieb er stehen.

Die Gestalt hatte ihn offenbar noch immer nicht bemerkt. Sie stand reglos in der Mitte des Raums und starrte den schlafenden Mann an.

Das Licht eines Blitzes teilte den Nachthimmel vor Ladengasts Fenster und füllte das Zimmer für Sekundenbruchteile mit geisterhafter Helligkeit.

Kolbe erkannte die Person im Zimmer.

Anneke Pabst stand noch immer reglos da, als sei sie im Stehen in eine Schlafstarre gefallen.

Sie trug ein langes weißes T-Shirt, das an ein altmodisches Nachthemd erinnerte und ihr fast bis zu den Kniekehlen hinunterreichte. Ihr dunkles Haar flutete über ihren Rücken. Die Arme hielt sie leicht abgespreizt und erinnerte damit unfreiwillig an einen Revolverhelden, der sich für ein Duell bereit gemacht hatte.

In der nächsten Sekunde war dieses Bild verschwunden. Nur noch ein blasser Abdruck davon zeichnete sich auf Kolbes Netzhaut ab.

Der Kommissar war auf der Türschwelle stehen geblieben, bereit, jederzeit einzugreifen, sollten es die Ereignisse erfordern.

Was trieb die junge Frau hier? Was hatte sie zu dieser Zeit in das Zimmer des Professors geführt?

In diesem Augenblick drehte sie sich halb um, registrierte den Inselkommissar jedoch noch immer nicht.

Anneke wandte sich in Richtung des Schreibtischs, trat vorsichtig an das Möbel heran, verharrte eine Sekunde und beugte sich schließlich halb herunter. Unendlich langsam und ohne das geringste Geräusch zu verursachen, zog sie eine der Schubladen auf.

Kolbe erkannte sie nur als Silhouette vor dem Viereck des Fensters, hinter dem es immer wieder fahl aufleuchtete.

Ihre schmalen Hände glitten hinab und schienen dabei etwas zu suchen. Sie kramten in Papieren, suchten und ordneten neu, vergruben sich und kehrten schließlich mit einem alten Notizbuch zwischen den Fingern zurück.

Die junge Frau blickte sich scheu zu dem schlafenden Mann um, bevor sie das Buch aufblätterte und sich näher an das Fenster wagte, um den nächsten Blitz abzuwarten.

Das Wetter über der Insel tat ihr schon bald diesen kleinen Gefallen. Anneke starrte auf das Buch in ihren Händen und klappte es in der nächsten Sekunde leise zu. Sie presste es wie einen Schatz vor die Brust und wandte sich zum Gehen. Ihre nackten Füße tappten dabei leise über die Dielen. Noch immer war sie offenbar so in ihr Handeln vertieft, dass sie den Kommissar auf der Schwelle nicht wahrnahm.

Bevor sie in ihn hineinlief, löste sich Kolbe aus seiner Deckung und trat einen Schritt auf die junge Frau zu.

»Na? Haben wir uns vielleicht im Zimmer geirrt?«

Anneke Pabst stieß einen spitzen Schrei aus, blieb wie erstarrt stehen, um dann einen hastigen Schritt nach hinten zu weichen. Dabei stieß sie an das Gestell eines Flipcharts, das Ladengast im Zimmer aufgebaut hatte und brachte es für einen Moment ins Wanken. Ein Stift, der auf der schmalen Ablage gelegen hatte, fiel zu Boden.

»Sie haben mich erschreckt!«, presste Anneke hervor. Dabei versuchte sie erfolglos, das Notizbuch hinter ihrem Rücken verschwinden zu lassen.

»Sie mich auch«, gab Kolbe grinsend zurück. »Und waren wir nicht eigentlich inzwischen beim Du angekommen?«

Sie schnappte nach Luft wie ein Fisch auf dem Trockenen. Offenbar wusste sie nicht, was sie darauf erwidern sollte.

»Jetzt mal Schluss mit dem Theater«, sagte Kolbe etwas energischer und langte kurz um die Ecke, um das Flurlicht anzuschalten. »Was machst du hier?«

»Das würde mich allerdings auch interessieren«, meldete sich eine Stimme aus dem Halbdunkel. Otto Ladengast saß aufrecht im Bett, hatte seine goldgeränderte Brille aufgesetzt und blinzelte in ihre Richtung. »Ich hoffe, Sie beide haben meine Fotos nicht durcheinandergebracht. Es hat mich Stunden gekostet, sie in die richtige Reihenfolge zu bringen.«

Kolbe warf einen flüchtigen Blick auf das Flipchart, an dem zahlreiche Fotos auf engstem Raum angebracht waren, sodass viele sich gegenseitig überlappten.

Sein Blick kehrte zu Anneke zurück, die noch immer in derselben Haltung vor ihm stand. Ihr Gesicht hatte beinahe die Farbe ihres Shirts angenommen.

»Also?«, hakte Kolbe nach. »Ich würde gerne etwas von dir hören. Was soll das bedeuten? Und was willst du mit dem Buch?«

Noch ehe sie antworten konnte, meldete sich Ladengast. »Moment! Was für ein Buch? Was ist hier eigentlich los? Es ist gleich zwei Uhr, Herrgott. Ich war gerade erst eingeschlafen.«

Der Alte schwang sich aus dem Bett und kam, noch immer gegen das eindringende Licht aus dem Flur blinzelnd, näher.

Er trat an seine nächtliche Besucherin heran und wand ihr das Buch mit einer flinken Bewegung aus der Hand.

»Das ist eins von meinen Notizbüchern. Eines der ersten Tagebücher, die ich angefertigt habe.« Der Alte begann in dem Buch herumzublättern. »Achtzigerjahre. Meine Erlebnisse als Fluchthelfer an der Grenze zur DDR.« Er wandte sich an die junge Frau. »Was haben Sie damit vorgehabt?«

Die Angesprochene sah ihn hilflos an, bevor ihr Blick mit demselben Ausdruck darin zu Kolbe wanderte.

Der Kommissar nickte ihr auffordernd zu. »Ich finde, der Professor hat eine Antwort auf seine Frage verdient.«

»Ich ... ich wollte das nicht«, presste sie hervor.

»Was wolltest du nicht?«

Sie starrte auf das Buch in der Hand des Professors. »Ich wollte es nicht stehlen. Es ... es interessiert mich doch überhaupt nicht, dieses blöde Ding!«

Ladengast schüttelte irritiert den Kopf. »Warum haben Sie es dann an sich genommen?« Als er darauf keine Antwort erhielt, richtete er die Frage hilfesuchend an seinen Zimmernachbarn.

Kolbe zuckte mit den Schultern.

»Einfach so«, entfuhr es Anneke. »Ich habe mir nichts Bestimmtes dabei gedacht. Ich bin Schlafwandlerin. Ich kann nichts dafür! Und jetzt lassen Sie mich endlich gehen! Ich will raus hier!«

Ein leises Geräusch an der Tür. Bente Franzen war auf der Schwelle aufgetaucht. »Was um alles in der Welt ist denn hier los?«

»Ts«, entfuhr es Ladengast. »Noch jemand in meinem Zimmer. Vielleicht sollte ich überlegen, künftig Eintritt zu nehmen. Dann bräuchte ich keine Artikel mehr zu schreiben. Die Öffnungszeiten wären montags bis freitags von acht bis sechzehn Uhr dreißig. Für Schülergruppen gibt es eine Ermäßigung. Und an Weihnachten veranstalte ich eine Tombola, mit vielen Preisen und Sonderaktionen für Jung und Alt!«

Die drei Besucher blickten den Professor wortlos an.

»Was ist?«, stieß der Alte aus. »Kann ich jetzt vielleicht wieder ein Stück Privatsphäre zurückhaben? Es ist mir unangenehm, dass Sie mich alle im Nachthemd sehen, zumal der Saum da unten ausgefranst ist.«

»Das könnte ich Ihnen morgen in Ordnung bringen«, antwortete Bente Franzen leise.

Die nächtliche Gesellschaft begann sich nach und nach aufzulösen.

Als Anneke Pabst am Kommissar vorbeitrat, raunte er ihr zu: »Wir beide sprechen morgen früh darüber. Denk ja nicht, dass ich es vergesse.«

Die junge Frau antwortete nicht, sondern flüchtete sich in die Arme ihrer Tante.

Bente warf Kolbe einen besänftigenden Blick zu. *Vertrau mir, ich kümmere mich darum.*

Die beiden Frauen hatten das Zimmer verlassen und bewegten sich mit leisen Schritten die Treppe hinunter. Kolbe hörte sie dabei leise tuscheln.

Die Geräusche verstummten abrupt, nachdem irgendwo unten im Haus eine Zimmertür zugefallen war.

»Das war nicht gegen Sie gerichtet, Kolbe«, erklärte Ladengast. »Aber ich werde eben leicht nervös, wenn das Zimmer voller Frauen ist. Und dieses entsetzliche Nachthemd macht nun wirklich nicht mehr viel her.«

»Da gebe ich Ihnen recht«, antwortete Kolbe, wurde jedoch gleich wieder ernst. »Interessiert es Sie denn nicht weiter, was sie mit diesem Buch gewollt hat?«

»Doch«, kam es zurück. »Aber ich habe sofort gemerkt, dass wir der jungen Dame dieses Geheimnis heute Nacht nicht mehr entlocken werden. Falls es denn überhaupt ein Geheimnis ist.« Kolbe zog seine rechte Augenbraue hoch. »Mit anderen Worten: Sie kennen die Antwort bereits?«

Ladengast trat einen Schritt näher an den Kommissar heran. Ein kurzer Blick zur Tür, eine rasche Vergewisserung, dass sich dort niemand mehr aufhielt.

»Überlegen Sie doch mal: Wer hat ein Interesse an meiner Vergangenheit? Wem könnte daran gelegen sein, meine Aufzeichnungen verschwinden zu lassen, weil er darin in einem sehr, sehr unvorteilhaften, um nicht zu sagen ausgesprochen schlechten Licht erscheint?«

Kolbe rollte mit den Augen. »Sie sprechen doch nicht etwa von diesem Arnulf Trautner?«

»Major a. D. der ehemaligen Grenzpolizei«, stellte der Ältere richtig. »Doch! Genau von diesem Mann spreche ich. Ich weiß, dass er noch immer hier auf der Insel ist. Er beobachtet mich. Er wartet ab. Er wartet auf den Augenblick, um zuzuschlagen. Und weil er ein so gerissener Hund ist, hat er bereits im Vorfeld daran gedacht, mögliches belastendes Material aus meinen privaten Unterlagen verschwinden zu lassen. So wie er früher schon andere Dinge hat verschwinden lassen.«

»Wir haben seit einer halben Ewigkeit kein Lebenszeichen mehr von diesem Mann erhalten«, erinnerte der Kommissar.

»Was nicht heißt, dass er nicht hier ist und auf seine Gelegenheit wartet. Sie kennen Trautner nicht, Kolbe. Der Mann hat Geduld.«

»Offensichtlich«, seufzte der Jüngere.

Ladengast trat an seinen Schreibtisch heran und verstaute das Notizbuch in der Schublade. »Ich sollte ein Schloss anbringen lassen«, murmelte er mit einem Kopfschütteln.

Kolbe zuckte mit den Schultern. »Ich weiß nicht, wie es Ihnen geht, aber ich würde gerne noch eine Mütze voll Schlaf nehmen, bevor der Wecker klingelt.«

Der Professor nickte. »Tun Sie das. Ach ... und schließen Sie bitte die Tür, wenn Sie gehen. Ich werde vorsichtshalber hinter Ihnen abschließen. Nicht, dass es etwas gegen Trautner nützen würde, aber ich werde mich vermutlich doch einen Deut sicherer fühlen.«

Kolbe wandte sich zum Gehen. Im Vorbeigehen warf er noch einen Blick auf die Fotowand.

»Ihre neuesten Aufnahmen?«

»Ich habe sie selbst entwickelt«, verkündete Ladengast nicht ohne Stolz. Der Alte trat an die Seite seines Zimmernachbarn. »Prominente und solche, die sich dafür halten, am Strand von Langeoog. Ich werde Himmel und Hölle in Bewegung setzen müssen, um daraus auch nur eine halbwegs annehmbare Story zu machen.« Ladengast tat einen tiefen Seufzer. »Es geht abwärts mit mir, Kolbe. Ich bin jetzt gezwungen, billigen Boulevardjournalismus zu fabrizieren.«

»Wie ich Sie kenne, wird es Ihnen sicher gelingen, selbst daraus noch eine hochinteressante wissenschaftliche Abhandlung zu basteln.«

»Sie sind ein Banause, Kolbe. Und jetzt raus hier. Ich möchte nämlich im Morgengrauen wieder in den Dünen sein.«

»Ich frage Sie besser nicht, was Sie da ...« Kolbe hielt inne. Er trat einen Schritt näher an das Flipchart heran und löste eines der Fotos aus dem rätselhaften Verbund.

»He, was soll denn das?« Ladengast blinzelte seinen Zimmernachbarn empört an und wollte ihm das Bild aus der Hand reißen, was ihm nicht gelang.

»Wie ich sehe, haben Sie auch einen Schnappschuss von Mario Thalberg geschossen.«

Ladengast warf einen geringschätzigen Blick auf die Aufnahme. »Ach, dieser Plattenheini. Der hat sich mir beinahe vor die Linse geworfen, als er erfuhr, dass ich für eine Zeitschrift schreibe. Dabei kannte ich den nicht mal. Sie etwa?«

»Ich kenne ihn nur aus einem anderen Zusammenhang«, erklärte der Kommissar.

»Aus Ihrem aktuellen Mordfall etwa?« Ein wacher Ausdruck schlich sich in das Gesicht des Alten.

Kolbe ging darauf nicht weiter ein. »Interessant ist für mich die Frau, die neben ihm auf dem Foto zu sehen ist.«

»Früher hätte ich den Begriff heißer Feger benutzt. Aber der ist wohl aus der Zeit gefallen, fürchte ich.«

Kolbe verzog die Mundwinkel. »Können Sie mir etwas zu den beiden sagen? Waren sie sehr vertraut miteinander?«

Ladengast betrachtete das Foto noch einmal genauer, als würde es ihm dabei helfen, sich zu erinnern.

»Die Frau ist nur zufällig mit drauf gekommen. Ich hatte nämlich den Eindruck, dass es weder ihm noch ihr recht war, zusammen fotografiert zu werden.«

»Warum haben Sie es dann trotzdem getan?«

»Um warm mit der Kamera zu werden. Ich hatte sie lange Zeit nicht benutzt, meine gute alte Molly. Sie ist manchmal etwas zickig. Na ja, und dann habe ich erst mal ein wenig drauflos geknipst. Ich hatte ja noch zwei Ersatzfilme dabei. Aber zurück zu Ihrer Frage: Ja, die beiden gingen abseits der Kamera ziemlich vertraut miteinander um. Er hatte ständig seine Hände bei ihr.«

»Darf ich mir dieses Foto ausleihen?«

Ladengast verzog das Gesicht, als sei ihm gerade etwas Schweres auf den Fuß gefallen. »Na schön, aber nur, weil Sie es sind, Kolbe.« Der Professor ließ ein Schulterzucken folgen. »Ich kann es wahrscheinlich sowieso nicht für meine Fotostrecke verwenden.«

Kolbe nickte dem Älteren zu, verabschiedete sich und kehrte zurück in sein Zimmer.

Inzwischen schien Ruhe im Haus eingekehrt zu sein, und auch das Gewitter war bereits im Abzug.

Kolbe legte sich zurück ins Bett und warf noch einen letzten Blick auf das Foto.

»Thalberg, zusammen mit Doreen Junker«, murmelte er. »Bin gespannt, wie sie morgen auf diese Aufnahme reagieren werden.«

Kapitel 11

Am nächsten Morgen zeigte sich die Insel Langeoog wieder von ihrer besten Seite. Schon früh hatten sich die ersten Sonnenstrahlen auf den Weg gemacht und verwandelten das graue Wattenmeer in eine von silbernen Streifen und glitzernden Pfützen durchzogene Landschaft.

Nichts erinnerte mehr an das Gewitter, das vergangene Nacht über die Ostfriesischen Inseln hinweggezogen war.

Die beiden Inselkommissare hatten sich vor der Pension *Lütt Deern* verabredet und trafen dort fast zeitgleich ein.

Kolbe hatte seine Kollegin bereits über die nächtlichen Ereignisse im Haus seiner Vermieterin und über seinen Fund in Kenntnis gesetzt.

»Interessante Geschichte«, bemerkte die rothaarige Ostfriesin. »Diese Doreen Junker wird immer undurchsichtiger für mich. Sie war mit dem Mordopfer verlobt, scheint aber auch Benno Frey gegenüber nicht abgeneigt zu sein, und wenn keiner von beiden in der Nähe ist, vergnügt sie sich mit Thalberg am Strand. Was ihre Aussage, sie hätte von den Tonbändern rein gar nichts gewusst, nicht gerade glaubwürdiger macht.«

»Damit hast du es mal wieder auf den Punkt gebracht«, bemerkte Kolbe, während sie das Rosengitter passierten und auf das Gebäude zugingen.

»Hast du heute schon mit Enno gesprochen?«, fragte Rieke.

Ihr Kollege schüttelte den Kopf. »Ich habe die Hoffnung, das gleich unauffällig nachzuholen.«

»Der Ärmste«, antwortete sie. »Er hat sicher die ganze Nacht kein Auge zugetan.«

»Womit er nicht der Einzige wäre«, antwortete Kolbe mit einem leichten Seufzer.

Die Tür der Pension stand einladend weit offen. Im Haus roch es überall nach frisch aufgebrühtem Kaffee.

Einige der Fenster waren ebenfalls geöffnet, sodass ein angenehmer Durchzug herrschte, der die schwüle Hitze der letzten Nacht vertrieb.

Gabriele Westermann kam ihnen aus der Küche mit einem ansehnlich dekorierten Brotkorb und einer großen Porzellankanne entgegen. »Guten Morgen«, grüßte sie mit einem leichten Stirnrunzeln. »Sie schon wieder. Falls Sie zu mir wollen: Ich habe im Augenblick alle Hände voll zu tun. Meine Frühstückskraft hat mich schon wieder sitzen lassen.«

»Wir würden gerne mit Frau Junker und Herrn Frey sprechen«, erklärte Rieke.

Die Inhaberin blieb kurz stehen und machte ein unzufriedenes Gesicht. »Die beiden sind draußen im Garten beim Frühstück. Ich habe es eigentlich nicht so gern, wenn Sie meine Gäste dabei stören.«

»Manchmal lassen einem die Dinge einfach keine andere Wahl«, antwortete Kolbe und nahm der Frau galant die Kanne ab, während Rieke nach dem Brotkorb griff. »Wir machen das schon. Vielen Dank, Frau Westermann.«

Die Inselkommissare durchquerten die geräumige Diele und gelangten über einen gemütlich eingerichteten Salon nach draußen auf die Terrasse. Dort befanden sich vier kleine Tische, die für das Frühstück entsprechend eingedeckt waren. Nur einer davon war besetzt.

Doreen Junker und Benno Frey blickten auf, als sie die beiden Polizisten erkannten.

»Moin«, grüßte Rieke und stellte den Korb neben die kleine Blumenvase auf den Tisch. »Wir haben Ihnen etwas mitgebracht. Dürfen wir uns setzen?«

»Selbstverständlich«, gab Frey zurück, lehnte sich nach hinten und griff mit seiner Rechten einen freien Stuhl vom Nebentisch.

Kolbe tat das Gleiche und ließ sich neben Doreen Junker nieder. Vorsichtig stellte er die Kanne auf dem Tisch ab, schenkte den beiden Pensionsgästen ungefragt ein und sah sich dabei um. »Sie scheinen die Einzigen zu sein, die so früh schon auf sind.«

Frey ließ seinen Blick über die leeren Tische schweifen. »Bleeker und dieser Krause scheinen Langschläfer zu sein.

Genau wie die beiden Gäste, die gestern Abend noch eingecheckt haben.«

Kolbe horchte kurz auf, ließ sich jedoch nichts anmerken.

»Hat sich etwas Neues ergeben?«, fragte Doreen Junker in die aufkommende Stille hinein.

»Leider nicht viel«, räumte Rieke Voss ein. Sie zückte ihr Handy und öffnete das Foto, das die Tatwaffe zeigte. »Hat jemand von Ihnen vielleicht diesen Dolch schon einmal gesehen?« Sie hielt ihr Handy in die Mitte des Tischs, sodass beide die Aufnahme sehen konnten.

»Ist das etwa das Ding, mit dem man Marcel umgebracht hat?« Freys Blick wanderte zwischen den Inselkommissaren hin und her.

Rieke nickte. »Wir stellen gerade Nachforschungen an, wo die Waffe hergestellt wurde und wer sie möglicherweise verkauft haben könnte. Aber ehrlich gesagt, machen wir uns da nicht allzu große Hoffnungen.«

»Ich habe diese Waffe noch nie gesehen«, erklärte Frey und griff nach einem kleinen Kännchen, das Milch enthielt.

»Ich ebenso wenig«, schob Doreen hinterher. Sie verzog dabei das Gesicht, so als würde sie es als eine Beleidigung empfinden, dass die Kommissarin ihr diesen Anblick aufgebürdet hatte.

»War auch nur so ein Gedanke«, sagte Rieke Voss achselzuckend und steckte ihr Handy wieder ein.

»Frau Junker«, begann Kolbe sachlich, »Sie haben uns gestern erzählt, dass Sie nichts von den vermeintlich gestohlenen Tonbändern gewusst haben.«

»Das stimmt ja auch. Ich habe erst hier auf der Insel davon erfahren.« Sie hielt einen Moment inne und sah den Kommissar dabei an. »Sie wirken nicht sehr zufrieden mit meiner Aussage.«

Kolbe wiegte seinen Kopf leicht hin und her. »Es gibt da eine Sache, die mich etwas nachdenklich macht. Wenn Sie tatsächlich bis gestern nichts von den Bändern wussten, wie erklären Sie sich dann die Tatsache, dass Sie gestern am frühen

Nachmittag zusammen mit Mario Thalberg am Strand gesehen wurden?«

Benno Frey setzte das Milchkännchen langsam ab. Es schien, als habe er plötzlich jegliches Interesse an seinem Kaffee verloren. »Was hast du denn mit dem zu schaffen?« Die Frau an seiner Seite wich seinem Blick aus.

»Wollen Sie auf diese Frage nicht antworten?«, hakte Kolbe nach.

»Ich habe gar nichts mit ihm zu schaffen, weil … weil ich diesen Mann überhaupt nicht kenne.«

Doreen Junker griff trotzig nach ihrer Tasse, nippte kurz daran und blickte demonstrativ über den Rand hinweg zu der Hagebuttenhecke, die den Garten der Pension begrenzte.

»Sind Sie sich da absolut sicher?«, fragte Kolbe.

Sie machte eine Bewegung, als würde sie ein lästiges Insekt abschütteln wollen. »Natürlich. Wieso fragen Sie?«

Gerret Kolbe langte in die Brusttasche seines Hemds und zog das Foto hervor, das er vergangene Nacht dem Professor abgeschwatzt hatte. Er hielt es seiner Sitznachbarin vor die Nase.

Die Frau warf einen sehr kurzen Blick darauf und wandte ihren Kopf sofort danach demonstrativ zur Seite.

»Wenn Sie es wissen, warum fragen Sie mich dann erst danach?«

Als Kolbe registrierte, dass Frey einen langen Hals machte, um einen Blick auf das Foto zu erhaschen, steckte er es wieder an seinen alten Platz zurück.

»Frau Junker, wollen Sie uns nicht einfach zur Abwechslung mal die Wahrheit sagen?«

Sie setzte ihre Tasse geräuschvoll auf den Unterteller und warf ihre Serviette hinterher. »Es bleibt mir ja wohl nichts anderes übrig.«

Frey blickte auf. »Was soll das heißen, Doreen? Was ist denn eigentlich los?« Er setzte sich gerade und wollte weiterreden, als er einen Blick der Kommissarin auffing, die ihm damit bedeutete, jetzt besser still zu sein. Frey fügte sich.

»Also schön, es ist richtig. Ich kenne Herrn Thalberg. Aber ich habe ihn erst hier auf der Insel kennengelernt. Er war ... warum soll ich es nicht sagen? ... Er war genervt von seiner Frau und saß allein in einem Café. Da ich auch allein war, habe ich mich zu ihm gesellt.«

»Du hast was?« Freys Augen wurden groß.

»Herr Frey, bitte!«, mahnte Rieke. »Lassen Sie Frau Junker erzählen.«

Doreen tat so, als hätte diese Interaktion gar nicht stattgefunden.

»Wir kamen ins Gespräch und haben uns auf Anhieb gut verstanden. Ich hatte doch zuerst gar keine Ahnung, wer er ist.«

»Er hat es Ihnen ziemlich bald erzählt, nehme ich an«, sagte Kolbe.

Sie zuckte mit den Schultern. »Was ist schon dabei? Wir haben viel geredet und etwas getrunken. Natürlich habe ich ihn gefragt, was er auf Langeoog macht.«

»Und was hat er geantwortet?«

»Er sagte, er sei hier, um sich mit jemandem zu treffen, der ihm etwas anbieten wollte. Alte Aufnahmen. Das waren seine Worte. Er hat mir nicht gesagt, wer sein Kunde ist, und es hat mich auch nicht interessiert. Ich wäre doch im Leben nicht draufgekommen, dass es mein Verlobter ist.«

»Und das sollen wir Ihnen glauben?«, fragte Kolbe.

»Es ist die Wahrheit«, sagte sie.

»Wie lange sind Sie bereits auf Langeoog, Frau Junker?«, fragte Rieke.

»Drei Tage.«

»Genau wie die Thalbergs«, warf Kolbe ein.

Ihre Mundwinkel zuckten. »Na und? Ich bin schon etwas früher gefahren, weil Marcel noch etwas Dringendes zu erledigen hatte. Natürlich weiß ich jetzt, was es war. Aber als ich hierherkam, hatte ich keine Ahnung davon.«

»Wann fand die Begegnung mit Herrn Thalberg statt?«, fragte Kolbe.

»Am ersten Tag.«

Der Inselkommissar nickte. »Dem Foto nach zu urteilen, haben Sie ihn danach noch mindestens einmal getroffen. Verzeihen Sie, Frau Junker, aber ich muss Sie das leider fragen: Haben Sie während Ihrer Zeit auf der Insel eine Affäre mit Herrn Thalberg aufgebaut?«

»Einen Augenblick mal, ja?«, platzte es aus Benno Frey heraus. »Selbst wenn das so sein sollte, was Sie mit Ihrer unverschämten Frage andeuten wollen, wüsste ich beim besten Willen nicht, was Sie das überhaupt angeht!«

»Wirklich nicht?«, fragte Kolbe. »Dann überlegen Sie doch mal. Herr Thalberg könnte, was wir nicht wissen, die Absicht haben, sich von seiner Frau zu trennen. Oder er ist einfach nur einer kleinen Urlaubsaffäre gegenüber nicht abgeneigt. Er könnte nun, um seine eigenen Interessen zu verfolgen, Frau Junker signalisiert haben, dass er seine Zukunft zusammen mit ihr plant. In dem Fall wären zwei Personen im Weg, richtig? Thalbergs Frau und … Marcel Faber. Einer von beiden ist bereits tot.«

Stille. Nur ein einzelner Vogel im Garten zwitscherte leise vor sich hin.

Kolbe beugte sich leicht über den Tisch und sah Frey direkt an. »Vielleicht habe ich ja auch nur zu viel Fantasie. Wenn es so sein sollte, könnten Sie es mir jetzt an den Kopf werfen.«

»Das ist ungeheuerlich«, ereiferte sich Frey. »Sie kennen Doreen doch gar nicht. Sie … Sie können sich doch überhaupt kein Urteil über sie erlauben. Sie wissen doch nicht mal …«

»Es stimmt«, sagte Doreen Junker in diesem Augenblick leise. »Ich habe eine Affäre mit Thalberg. Sie dauert noch immer an. Gleich am ersten Abend ist er zu mir ins Zimmer und hat mit mir geschlafen. Erst am frühen Morgen ist er zu seiner Frau ins Hotel zurück.«

»Heilige Scheiße«, flüsterte Frey. Sein Kopf war hochrot angelaufen. Schweiß perlte auf seiner Stirn. Mit einer unwirschen Bewegung griff er nach seiner Serviette und wischte sich damit ab.

Doreen Junker schien den Mann neben ihr gar nicht zu beachten. Sie blickte Kolbe an. Ein leichtes Lächeln umspielte dabei Ihre Mundwinkel.

»Ich hoffe, Sie sind jetzt zufrieden, Herr Kommissar. Ich habe Ihnen alles gesagt, was ich weiß. Wenn Sie mir daraus ein Mordmotiv stricken wollen, dann tun Sie es. Ich kann Ihnen nur sagen: Ich habe Marcel nicht umgebracht!«

»Und wie stand es zuletzt mit der Verlobung? Haben Sie daran gedacht, sie aufzulösen?«

»Ich werde diese Frage nicht beantworten«, gab sie zurück. »Oder muss ich etwa?«

»Sie müssen nicht«, antwortete Kolbe und erhob sich von seinem Stuhl. »Noch nicht.« Er zwinkerte der Frau zu. »Entschuldigen Sie bitte, wenn wir Ihnen das Frühstück verdorben haben sollten«, schon Rieke Voss hinterher. »Unsere Arbeit verlangt es allerdings, mitunter auch unangenehme Fragen stellen zu müssen.«

»Schon gut«, antwortete Frey in einem Anflug von bitterem Humor, »wir werden Frau Westermann einfach die Kosten fürs heutige Frühstück von der Rechnung abziehen.«

Kapitel 12

Als die beiden Inselkommissare in die Diele traten, kam ihnen ein unausgeschlafen aussehender Mann entgegen, der gerade ein zerknittertes Päckchen Zigaretten in der hinteren Hosentasche seiner nicht mehr ganz sauberen Jeans verschwinden ließ. Alles an ihm roch nach altem, kaltem Rauch: seine Kleidung, sein schütteres Haar, sein Atem. Kolbe sah den Mann kommen, der von den beiden Ermittlern keine Notiz zu nehmen schien.

Der Kommissar machte eine scheinbar ungeschickte Bewegung, die dazu führte, dass die beiden Männer miteinander kollidierten.

»Holla!«, entfuhr es dem Fremden. »Sie sind wohl heute früh auch noch nicht richtig wach, hm?«

»Tut mir furchtbar leid«, sagte Kolbe hastig. »Das ist normalerweise nicht meine Art. Sie müssen der späte Gast sein, von dem man uns erzählt hat.«

Der andere blinzelte. »Der späte ... was?«

Plötzlich machte sich ein Ausdruck des Verstehens in seinem Gesicht breit. »Ach so, ja. Hat Ihnen die Wirtin etwa davon erzählt?«

»Spielt keine Rolle. Dürfen wir vielleicht um Ihren Namen bitten?« Kolbe hatte seinen Dienstausweis hervorgezogen und hielt ihn seinem Gegenüber hin.

Der Mann warf einen Blick darauf, machte für eine Sekunde große Augen und nickte anerkennend. Sein Blick wanderte zu Rieke hinüber und blieb auf ihr haften.

»Donnerwetter. Die Inselpolizei. Tja, da habe ich ja wohl keine Chance, was?« Der Unrasierte griff in seine Hosentasche und förderte ein zerfleddertes Dokument zutage. »Mein Name ist Tom Schäfer. Mein Personalausweis liegt oben in meinem Zimmer. Aber vielleicht nehmen Sie ja auch damit vorlieb.«

»Ein Presseausweis«, stellte Rieke fest. »Sind Sie gerade aus beruflichen Gründen hier, Herr Schäfer?«

Der Journalist setzte eine neutrale Miene auf. »Wie man's nimmt. Ich schätze, ja.«

»Darf man erfahren, worum es geht?«

»Ist das 'ne dienstliche Frage?«

Rieke lächelte kurz. »Wie man's nimmt. Ich schätze, ja.«

»Lustig«, antwortete Schäfer, ohne dabei die Mundwinkel anzuheben. Umständlich steckte er seinen Ausweis in seine Hosentasche zurück.

»Bin da an so einer Sache dran«, erklärte er im kumpelhaften Plauderton, als würden sie sich schon ewig kennen. »Ich verspreche mir nicht allzu viel davon. Es geht um ein paar alte Tonbänder von einer früheren Schlagersängerin.«

»Lale Andersen«, sagte Rieke.

Schäfer verengte kurz seine Augen. »Langeoog scheint noch kleiner zu sein, als ich dachte. Sie bekommen vermutlich alles mit, was hier so passiert, was?«

»Leider weniger, als wir uns wünschen würden«, entgegnete Rieke. »Sie könnten nicht vielleicht so weit gehen, uns den Namen Ihres Kontaktmannes zu verraten?«

»Kontaktmann?« Schäfer blinzelte die Kommissarin an. »Klingt nach einem alten Agententhriller.«

»Ich meine den Namen der Person, die Ihnen den Tipp gegeben hat«, erklärte Rieke geduldig. »Und ich habe so den Verdacht, dass Sie ganz genau wissen, was ich meine.«

»Tschuldigung«, gab der Journalist grinsend zurück. »Aber ich hatte angenommen, Sie wüssten, dass man den Namen seines Informanten niemals preisgibt. Das läuft doch bei Ihnen sicher auch nicht anders.«

»Schon gut«, schaltete sich Kolbe ein. »Ich denke, wir wissen auch so, um wen es sich handelt. Sagen Sie am besten Herrn Krause einen schönen Gruß von uns. Voraussichtlich kommen wir irgendwann im Laufe des Tages noch mal vorbei.«

»Schönen Tag noch, Herr Schäfer«, sagte Rieke mit einem leisen Lächeln.

Die Inselkommissare setzten sich in Bewegung und ließen den Journalisten mit einem verdutzten Gesichtsausdruck in der Diele zurück.

»Wie genau kommst du eigentlich auf Krause?«, fragte Rieke, als sie für einen Moment vor die Haustür getreten waren.

»Das war ein Tipp ins Blaue«, antwortete ihr Kollege. »Wer von den Anwesenden sollte einen Journalisten in die Sache mit hineinziehen wollen? Dafür kommt doch eigentlich nur ein Produzent infrage, der schon im Vorfeld die Werbetrommel für ein späteres Geschäft rühren möchte. Thalberg wird es nicht gewesen sein, dem traue ich bessere Kontakte zu den Medien zu.«

»Da könntest du wieder mal recht haben«, pflichtete Rieke bei. Sie sah sich durch die geöffnete Tür nach der Rezeption um. Schäfer war verschwunden. Es hielt sich niemand mehr in der Diele auf.

»Wolltest du nicht noch mit Enno sprechen?«

Kolbe hielt lächelnd sein Handy in die Höhe. »Ich rufe ihn gerade an.«

Der Kommissar wechselte ein paar Worte mit seinem jüngeren Kollegen und steckte kurz darauf das Handy wieder ein.

»Und?«, fragte Rieke.

»Er hat verschlafen«, antwortete der Kommissar grinsend. »Er war fast die ganze Nacht wach. Genauso wie du vermutet hast.«

Sie gingen ein paar Schritte auf den Jakob-Pauls-Weg hinaus. Dann wandten sie sich nach links, dem Otto-Leuß-Weg zu. Zwei Radfahrer kamen ihnen entgegen. Beide winkten freundlich. Die beiden Beamten erwiderten den Gruß.

»Ich habe Enno gesagt, dass wir uns da vorn an der Ecke treffen«, erklärte Kolbe und deutete auf eine kleine Sitzbank. »In drei Minuten.«

»Oh Gott, der Arme«, sagte Rieke lachend.

Nicht einmal zwei Minuten später kam ihnen aus dem Jakob-Pauls-Weg ein junger, rothaariger Mann entgegengehastet, der sich im Laufen einen widerspenstigen Hemdzipfel in die Hose steckte.

»Tut mir wahnsinnig leid«, sagte Enno keuchend, als er sich auf die Bank fallen ließ. »Das war die entsetzlichste Nacht meines Lebens.«

»Was ist denn passiert?«, fragte Rieke mit leicht besorgter Miene und einem gleichzeitig unterdrückten Lachen.

»Als ich endlich im Zimmer war, habe ich noch eine ganze Weile an der Wand gehorcht, um mehr über diesen Schäfer von nebenan herauszubekommen. Dabei muss ich mir wohl den Nacken verspannt haben. Ich kann meinen Kopf kaum bewegen. Und dann war da noch ein ganzer Schwarm Mücken, der mich nicht hat zur Ruhe kommen lassen. Ich bin am ganzen Körper zerstochen! Ich bin den Viechern mit einer zusammengerollten Zeitung auf die Pelle gerückt. Bis morgens um halb fünf. Es wurde schon wieder hell. Und jetzt weiß ich beim besten Willen nicht, wie ich Frau Westermann die ganzen Blutflecken an ihrer Tapete erklären soll.«

»Ich glaube, du steckst in einem echten Dilemma«, sagte Kolbe ernst.

Enno blinzelte zu seinem Vorgesetzten hoch. »Meinen Sie wirklich?«

»Es war schon schwierig genug, der Chefin die Kosten für deine Übernachtung aus dem Kreuz zu leiern. Wenn sie jetzt noch erfährt, dass das Zimmer renoviert werden muss, wird sie sich sofort eine ihrer Migränetabletten auflösen und dich zum Gespräch bitten.«

»Oh Gott«, flüsterte Enno. Auf seinen Wangen tauchten rote Flecken auf.

»Lass dich nicht von ihm ärgern«, sagte Rieke und klopfte ihrem Kollegen kameradschaftlich auf die Schulter. »Das mit der Tablette war übertrieben.«

»Jetzt aber wieder zur Sache«, erklärte Kolbe. »Wir möchten, dass du die Gäste der Pension unauffällig im Auge behältst. Rieke und ich können das leider nicht, da uns alle schon besser kennen, als uns lieb sein kann.«

Enno nickte. »Klar.«

»Es wird leider notwendig sein, dass du Friedemann Bleeker ins Vertrauen ziehst. Immerhin wirst du ihm das Tonbandgerät vor der Nase wegschnappen. Wir müssen dem Mann irgendeine Erklärung dafür liefern. Oder er spielt unser Spiel mit. Dafür müssen wir ihn allerdings wenigstens teilweise in unsere Pläne einweihen.«

Der junge Polizist auf der Bank wischte sich den Schweiß von der Stirn. Es war wieder sehr heiß geworden.

»Sie wollen dieses seltene Tonbandgerät als Köder einsetzen, richtig?«

»Richtig.«

»Sie hoffen darauf, dass es sich herumspricht. Und Sie hoffen, dass der Dieb der Versuchung nicht widerstehen kann. Er muss wissen, ob das, was er da gestohlen hat, auch wirklich so wertvoll ist, wie er hofft.«

»Vielleicht hat der Dieb auch keine Zeit mehr zu verlieren«, erklärte Kolbe ruhig. »Möglich, dass ihm wegen dieses Geschäfts schon jemand im Nacken sitzt.«

»Verstehe«, gab Enno zurück. »Wie soll ich mich verhalten, wenn es so weit ist und sich jemand Zutritt zu diesem Ding verschafft?«

»Zunächst mal bleibst du ganz ruhig«, erklärte Rieke. »Und lass dich zu nichts hinreißen. Du wirst einfach die Identität der Person feststellen, die sich an dem Gerät zu schaffen macht. Idealerweise stellst du bei der Gelegenheit auch den Koffer beziehungsweise die Tonbänder sicher.«

Der Polizist nickte. »Das sollte nicht allzu schwierig sein.«

»Willst du, dass wir mit Bleeker reden?«, fragte Kolbe.

Enno erhob sich von der Bank. »Nicht nötig. Ich schaffe das allein. Ich weiß ja immerhin, worum es geht.«

Kolbe sah den jungen Mann ernst an und legte ihm eine Hand auf die Schulter.

»Also dann, Enno – viel Glück!«

Kapitel 13

Die Wege der Langeooger Ermittler trennten sich.

Enno Dietz schlenderte den Jakob-Pauls-Weg bis zur Pension zurück. Er traf auf Frau Westermann, die gerade ein Tablett mit schmutzigem Geschirr von der Terrasse hereintrug.

»Guten Morgen«, rief sie dem jungen Mann im Vorbeigehen zu. Ihr Lächeln, das sie dabei versprühte, wirkte authentisch. »Haben Sie gut geschlafen?«

»Ausgezeichnet«, gab Enno zurück, »so gut wie schon lange nicht mehr.«

»Das sieht man Ihnen direkt an. Es ist die gute Luft hier auf der Insel, richtig?«

Enno dankte insgeheim dem Umstand, dass er bei seinem späten Erscheinen am vergangenen Abend nicht seinen Personalausweis hatte vorzeigen müssen. Gabriele Westermann hatte es aufgrund der Umstände schlichtweg vergessen, danach zu fragen.

»Ich habe draußen einen Tisch für Sie gedeckt. Möchten Sie Kaffee oder Tee?«

Enno entschied sich für schwarzen Tee und einen Brotkorb und begab sich auf die Terrasse.

Doreen Junker und Benno Frey kamen ihm in der Tür entgegen. Beide wirkten unentspannt, so als hätten sie sich gerade gestritten. Der junge Beamte nickte den beiden zu, die jedoch zu sehr mit sich selbst beschäftigt waren, um den entgegenkommenden Mann überhaupt wahrzunehmen.

Von Lucas Krause war noch immer nichts zu sehen. Der Manager war offenbar ein ausgesprochener Langschläfer.

Dafür hatte es Friedemann Bleeker inzwischen auf die Terrasse geschafft. Er saß an einem der Tische bei einer Tasse Kaffee und blätterte nebenbei in einer Zeitung.

Er trug selbst bei diesen Temperaturen ein langärmliges Hemd (penibel gebügelt) und eine altmodische Fliege mit Schottenmuster. Er war tadellos rasiert und machte insgesamt einen mehr als korrekten Eindruck.

Enno wählte den freien Tisch neben ihm, grüßte und ließ sich auf einem Stuhl nieder, von dem aus er Blickkontakt zu Bleeker aufnehmen konnte.

Der Mann sah kurz über den Rand seiner Zeitung hinweg und erwiderte den Gruß. Er schob sogar noch ein gemurmeltes »Guten Morgen« hinterher. Gleich darauf befeuchtete er mit seiner Zungenspitze seinen rechten Zeigefinger und blätterte die Zeitung geräuschvoll um.

Frau Westermann kam aus dem Haus und stellte Tee und Brotkorb vor Enno Dietz ab.

»Ich habe mir vorhin im Vorbeigehen Ihre Klingel angesehen«, bemerkte Enno. »Da war nur ein kleiner Draht lose. Ich hab's hinbekommen. Sie funktioniert wieder.«

Das Gesicht der Inhaberin hellte sich augenblicklich auf. »Oh, wirklich? Das ist ja großartig!«

»Sie können den Elektriker wieder abbestellen.« Enno lächelte schräg zu ihr hinauf.

»Ich danke Ihnen vielmals. Was bin ich Ihnen dafür schuldig?«

Der rothaarige Polizist winkte ab. »Gar nichts. Nur einen klitzekleinen Gefallen.« Er nickte unauffällig zu Bleeker hinüber.

Gabriele Westermanns Blick folgte dieser Geste. Sie verstand. Sie presste ihre Lippen aufeinander und nickte ebenfalls.

Die Wirtin verschwand mit verschwörerischer Miene, während Enno sich ein hastiges Frühstück einverleibte. Er hatte das Gefühl, es eilig zu haben und lebte zumindest hier ständig in der Angst, etwas Wichtiges verpassen zu können.

Er warf seine unbenutzte Serviette auf den Tisch, nickte Bleeker zu, der alle Zeit der Welt zu haben schien, und ging zurück ins Haus. Gerade rechtzeitig, um erneut auf Gabriele Westermann zu treffen.

Die Pensionseigentümerin stand hinter ihrem kleinen Tresen und bedeutete Enno, zu ihr zu kommen.

»Die Post war da«, raunte sie ihm zu und brachte es dabei sogar fertig, ihr rechtes Auge zuzukneifen. »Ich habe das Paket für Sie angenommen. Es liegt hier hinter dem Tresen. Wenn Sie mich vielleicht davon befreien würden? Aber Vorsicht: Es ist ganz schön schwer!«

Enno umrundete den Tresen halb und hob das in braunes Papier gewickelte Paket an.

»Gibt es hier vielleicht einen Raum, in dem ich mich ungestört mit dem Inhalt beschäftigen kann?«

»Wollen Sie es denn nicht mit auf Ihr Zimmer nehmen?«

»Ungern.«

Gabriele Westermann legte eine Hand an ihr Kinn und dachte nach. »Ich kann Ihnen mein Büro dafür zur Verfügung stellen, wenn Sie wollen.«

Enno wollte und ließ sich den Raum zeigen. Ein kleines, unscheinbares Zimmer, weit ab von den Gästezimmern gelegen, was nahezu perfekt für Ennos Vorhaben war.

Er bedankte sich und schloss die Tür hinter der Vermieterin, nachdem sie gegangen war.

Das Büro war klein, bot gerade mal Platz genug für einen Schreibtisch, ein hohes Wandregal und zwei Stühle.

Enno schaffte Platz auf dem Schreibtisch und stellte das schwere Paket darauf ab.

Er hielt Ausschau nach einer Schere und fand sie schnell in einem kleinen Behälter für Stifte und anderes Büromaterial.

Mit flinken Bewegungen öffnete er den verschnürten Karton und legte das Tonbandgerät frei.

Es war ein klobiger, viereckiger Kasten mit zwei überdimensional großen Spulen an der oberen Seite, die an Micky-Maus-Ohren erinnerten. Darunter befanden sich allerhand Knöpfe, Regler und Schalter, mit denen sich das Gerät einstellen und bedienen ließ.

Achtlos fegte Enno Dietz den Karton und die Reste der Verpackung beiseite, um mehr Platz zu haben. Ehrfürchtig ließ er dann seine Finger über die Oberfläche des Geräts wandern.

Die äußere Hülle wies einige Schrammen und Kratzer auf, was darauf hindeutete, dass das Gerät in früheren Zeiten auf etliche Betriebsstunden gekommen war. Aber es schien intakt, was sich kurz darauf bewahrheitete, als Enno den Netzstecker in die Dose gesteckt und den kleinen Kippschalter an der Seite des Gehäuses betätigt hatte. Gleich mehrere grüne Lämpchen leuchteten auf, was Enno für ein gutes Zeichen hielt. Ein leises Summen und Vibrieren ging von dem Kasten aus und setzte sich über den Schreibtisch fort.

Enno nickte zufrieden und griff sich an die linke Brusttasche seines Hemds. Sie war leer.

Mit einem ärgerlichen Gesichtsausdruck fiel ihm ein, dass er das Tonband oben in seinem Zimmer hatte liegenlassen.

Rasch schaltete er das Gerät aus, begab sich zur Tür und öffnete sie leise. Er spähte durch den Spalt in die Diele. Niemand hielt sich dort auf.

Rasch schlüpfte er aus dem Zimmer und schloss die Tür sorgfältig hinter sich. Mit ausgreifenden Schritten durchmaß er die Diele und hastete die Treppe nach oben, immer zwei Stufen auf einmal nehmend.

Er schloss sein Zimmer auf und blickte sich suchend um. Er fand das Tonband neben der Zeitung, mit der er letzte Nacht verzweifelt um sich geschlagen hatte.

Bei dem Band handelte es sich um einen Fund, den seine Mutter in ihrem Haus auf Langeoog getätigt hatte. Ein Überbleibsel aus alten Zeiten, genau wie die alte Holztruhe, in der es jahrzehntelang sein Dasein gefristet hatte.

Enno Dietz nahm das Band an sich, verließ sein Zimmer und eilte in die Diele zurück. Die ganze Aktion konnte kaum mehr als eine Minute gedauert haben.

Dennoch hatte die Zeit offenbar für jemanden in diesem Haus ausgereicht, das Büro zu betreten. Enno Dietz erkannte auf den ersten Blick, dass die Tür nur angelehnt war.

Sein Herz begann schneller zu schlagen, als er auf den Raum zuhielt. Er streckte seine rechte Hand aus und versetzte der Tür einen leichten Stoß, der sie mit einem leisen Quietschen in das Innere des Raums schwingen ließ.

Eine Gestalt wurde sichtbar. Sie hatte Enno den Rücken zugekehrt und beugte sich in diesem Augenblick tief über das Tonbandgerät.

»Hallo, Herr Bleeker«, sagte Enno trocken.

Der Angesprochene wirbelte auf der Stelle herum. Auf seinem Gesicht lag ein fragender Ausdruck. Er deutete auf den Schreibtisch in seinem Rücken.

»Was soll das hier? Das ist mein Paket! Haben Sie es etwa geöffnet?«

Enno beeilte sich, die Tür zu schließen. Zur Sicherheit drehte er den Schlüssel herum. Langsam kam er näher.

»Wir müssen reden«, sagte der Polizist.

»Das glaube ich allerdings auch. Was haben Sie sich nur dabei gedacht? Ich habe Frau Westermann gesucht, habe sie hier drin vermutet und … finde das hier. Ich hoffe, Sie haben eine Erklärung dafür!«

Enno Dietz zog verstohlen seinen Dienstausweis hervor und streckte ihn seinem Gegenüber hin.

Friedemann Bleeker betrachtete das Dokument lange und ausgiebig, ohne dass sich in seinem Gesicht auch nur die kleinste Regung zeigte. Er nickte, um dem Beamten zu signalisieren, dass er genug gesehen hatte.

»Sie haben mich überzeugt, was Ihre Funktion angeht, doch nicht, warum es Sie berechtigt, ein an mich adressiertes Paket an sich zu nehmen und es ungefragt zu öffnen.«

»Meine Vorgesetzten glauben, dass dieses Gerät in dem aktuellen Fall eine überaus wichtige Rolle spielt. Wie Sie wissen, war der Ermordete mit einer unbestimmten Anzahl an Tonbändern unterwegs. Die Inselkommissare glauben weiterhin, dass die Person, die diese Bänder entwendet hat, unter erheblichem Zeitdruck steht. Entweder sollen die Aufnahmen weiterveräußert oder so schnell wie möglich von der Insel geschafft werden. Zuvor, so jedenfalls unsere Annahme, könnte es für den Dieb von größter Wichtigkeit sein, die Echtheit der Aufnahmen zu prüfen. Sie verstehen …«

Bleeker blinzelte den Polizisten an. »Weil niemand die Katze im Sack kaufen will. Meinen Sie das?«

Enno Dietz deutete zur Bestätigung mit seinem Zeigefinger auf Bleekers Brustkorb.

»Unsere kleine Aktion mag Ihnen vielleicht etwas übereifrig erscheinen, aber meinen Vorgesetzten war es wichtig, dass dieses Gerät nicht auch noch abhandenkommt.«

»Ich glaube, ich beginne zu verstehen«, gab Bleeker zurück. Er schien inzwischen in seinem Element angekommen zu sein. Er durchmaß den kleinen Raum mit energischen Schritten, machte an der gegenüberliegenden Wand kehrt und begann das Spiel von Neuem.

»Der Dieb könnte versuchen, das Gerät an sich zu nehmen, um die Bänder einzulegen. Weil man ein solches Teil heutzutage ja auch nicht mehr an jeder Ecke bekommt. Die Polizei könnte sogar noch einen Schritt weitergegangen sein. Sie könnte alle infrage kommenden Händler vorab informiert und angewiesen haben, jegliche Suchanfragen nach diesen speziellen Tonbandgeräten an die nächste Dienststelle weiter zu melden.«

»Das ist exakt das, was meine Vorgesetzten in die Wege geleitet haben«, pflichtete Enno in ernstem Ton bei, obwohl er sich nicht einmal sicher war, ob es überhaupt den Tatsachen entsprach.

Bleeker unterbrach seine Wanderung. Er blieb vor dem Schreibtisch stehen und legte seine Hände auf das Gerät.

»Das bedeutet also, dass diesem wundervollen Stück Arbeit der Tonkunst eine sehr große Bedeutung zukommt, nicht wahr?«

»So ist es«, antwortete Enno und nickte eifrig.

Bleeker wischte sich mit der flachen Hand über seine Mundpartie. »Und wie genau planen Sie dabei vorzugehen?«

»Ich denke, es ist eine gute Idee, das Gerät in diesem Raum zu belassen«, antwortete der rothaarige Beamte. »Wir werden vorsichtig die Information streuen, dass es sich hier befindet. Das muss allerdings sehr behutsam passieren. Niemand darf Verdacht schöpfen.«

Bleeker nickte. »Es muss so aussehen, nicht wahr, als hätte ich gar kein rechtes Interesse mehr daran, da ja die Bänder, um die es ging, nicht mehr zur Verfügung stehen.«

»Sie müssen diese Information streuen, Herr Bleeker«, erklärte Enno. »Vor allem hier in der Pension. Aber ich denke, es ist genau so wichtig, dass auch die Thalbergs davon Wind bekommen.«

»Verstehe. Sie wollen das Abspielgerät gewissermaßen als Köder einsetzen, ja? Und was tun Sie dabei?«

Enno wippte vorsichtig auf seinen Zehenspitzen. »Ich werde mich hier drinnen auf die Lauer legen und beobachten, wer diesen Raum betritt und vor allem, warum. Mir fällt gerade ein, dass ich Frau Westermann auch noch einweihen muss. Zumindest halbwegs und auch nur, weil es ihr Büro ist.«

Friedemann Bleeker nestelte an seiner Fliege herum. »Ich muss gestehen, das alles klingt ungeheuer aufregend.«

Enno nickte. »Das Ganze kann allerdings nur unter einer Prämisse funktionieren.«

»Die da wäre?«

»Sie dürften nicht derjenige sein, der die Tonbänder aus dem Zug gestohlen hat.«

Bleeker verharrte mitten in der Bewegung. »Na hören Sie mal ...«

»Wie schaut es denn aus?«, hakte Enno nach. »Ich habe den Auftrag erhalten, Sie genau danach zu fragen.«

Der Angesprochene versteifte sich. »Ich habe die Bänder selbstverständlich nicht an mich genommen. Das hieße ja ... dass ich diesen Faber umgebracht hätte.«

»Möglicherweise.«

»Ganz ausgeschlossen.« Bleeker schien eingeschnappt. Sein Gesicht drückte das höchste Maß an Empörung aus.

Enno nickte. »Mir bleibt im Augenblick kaum etwas anderes übrig, als Ihnen zu glauben.«

»Darum bitte ich doch.« Bleekers Züge entspannten sich sogleich wieder. »Wir sollten jedoch vorher das Gerät austesten, finden Sie nicht? Obwohl es im Grunde beinahe egal ist, was auf den Bändern ist.«

Enno hielt das Tonband in die Höhe, das er bisher halb hinter seinem Rücken verborgen gehalten hatte. »Selbstverständlich bin ich darauf vorbereitet. Ich habe ein Band von zu Hause mitgebracht.«

»Wissen Sie denn überhaupt, wie man damit umgeht? Wie es eingelegt wird?«

Enno zuckte mit den Schultern. »Ich denke schon.«

»Geben Sie schon her«, sagte Bleeker leicht unwirsch und pflückte dem Beamten die Rolle aus der Hand.

Er machte sich fachmännisch über das Gerät her und fädelte das Band mit ein paar geübten Bewegungen ein.

»Das hätten wir. Jetzt brauchen Sie im Grunde nichts weiter zu tun, als auf diese Taste hier zu drücken.«

Enno nickte und senkte seinen rechten Zeigefinger auf das Gerät. Die beiden Spulen setzten sich nahezu augenblicklich in Bewegung. Aus dem integrierten Lautsprecher klangen die scheppernden Töne einer Blechbläsergruppe, dazu die dünne Stimme eines Kindes, das nicht nur versuchte, die Lautstärke seiner Kameraden zu übertönen, sondern sich auch noch ihrer Tonhöhe und dem leicht schleppenden Tempo anzupassen, alles eher unterdurchschnittlich erfolgreich.

»Das klingt ja grauenhaft!« Friedemann Bleeker verzog sein Gesicht, als hätte ihm jemand starke körperliche Schmerzen zugefügt.

Enno blickte auf. »Finden Sie?«

»Allerdings. Es hört sich an, als würde dem armen Kind gerade ein Zahn gezogen werden. So etwas Talentfreies habe ich noch nie gehört. Was um alles in der Welt ist das?«

»Die Aufführung zum hundertjährigen Geburtstag der Friesenschule«, antwortete Enno Dietz kleinlaut. »Mama war damals acht Jahre alt.«

Bleeker warf seinem Gegenüber einen schiefen Blick zu. »Ich hoffe um Ihretwillen, dass Ihre Mutter andere Qualitäten hat. Bitte schalten Sie das ab, das hält ja kein Mensch aus!«

Enno stoppte das Tonband und die Spulen standen still.

»Danke.« Der Mann mit der Fliege wischte sich mit einem Taschentuch den Schweiß von der Stirn und lächelte erleichtert.

»Also gut«, sagte der Polizist leise. »Wir haben also gewissermaßen so etwas wie einen Pakt. Dann bleibt uns eigentlich nur noch zu hoffen, dass tatsächlich jemand auf unseren Köder anbeißt.«

»Falls nicht, hätten Sie wohl ein Problem«, bemerkte der andere.

Enno erwiderte den Blick seines Gegenübers. »Genau wie Sie, Herr Bleeker!«

Kapitel 14

Währenddessen gingen die beiden Inselkommissare Kolbe und Voss ihrer Ermittlungsarbeit nach, die sie an diesem Vormittag vom Büro aus erledigen konnten. Die Handydaten von Marcel Faber und auch die Kontobewegungen des letzten halben Jahres lagen vor und mussten gesichtet und überprüft werden. Die Dienststellenleiterin Gesa Brockmann näherte sich durch den Korridor dem Büro ihrer beiden Mitarbeiter. Auf der Türschwelle blieb sie stehen.

»Hat Enno sich schon gemeldet?«

Rieke setzte sich aufrecht und reckte ihren Kopf über den Rand des breiten Flachbildschirms.

»Er hat vorhin mit Friedemann Bleeker gesprochen und ihn eingeweiht. Die Aktion ist damit angelaufen.«

Gesa Brockmann nickte nachdenklich. »Hoffentlich schießen wir uns damit kein Eigentor.«

»Wir stehen beide auf Abruf, falls sich etwas in der Pension ereignet«, erklärte Kolbe. Seine Vorgesetzte machte ein Gesicht, als schien sie nicht recht überzeugt von der ganzen Angelegenheit.

»Wenn sich bis morgen früh nichts aus dieser Sache ergibt, werden wir anhand der Phantomzeichnung einen Zugriff starten. Dann wird eine Gegenüberstellung erfolgen. Das ganze Programm. Sind wir uns da einig, Herr Kolbe?«

»Natürlich«, antwortete der Kommissar. »Sind wir das nicht immer?«

»Nein«, gab die Chefin zurück. »Ich hätte diesen Weg gleich gewählt. Aber lassen wir das. Es ist jetzt so entschieden und dann bleibt es auch dabei. Gibt es was Neues zu Faber? Was machen die Auswertungen?«

»Wir sind noch dran«, antwortete Rieke. »Aber es sieht mau aus. Keine nennenswerten Kontakte oder Anrufe in den letzten Tagen. Er hatte allerdings eine Chatgruppe zusammen mit Doreen Junker und Benno Frey.«

»Gibt es etwas, was für uns interessant sein könnte?«, fragte die Chefin.

Rieke wiegte ihren Kopf hin und her. »Die drei standen quasi permanent in Kontakt. Und sie haben allerhand recht intime Details ausgetauscht.«

Gesa Brockmann zog eine Augenbraue hoch. »Inwiefern? Ich meine ... ist etwas Brauchbares für uns dabei?«

»Kann ich noch nicht sagen. So wie es aussieht, ist mein Anfangsverdacht allerdings bestätigt, dass die drei mehr als nur eine gewöhnliche Freundschaft verbindet. Aus dem Gesprächsverlauf dieser Gruppe geht hervor, dass Doreen Junker sowohl mit Marcel Faber als auch mit Benno Frey geschlafen hat.«

»Mario Thalberg nicht zu vergessen«, fügte Kolbe hinzu.

»Stimmt«, antwortete Rieke, »aber der ist nicht Teil dieser Gruppe. Sein Name wird auch nirgends erwähnt.«

»Die Sache ist nicht ganz uninteressant«, bemerkte die Chefin. »Vielleicht haben wir uns bisher zu sehr auf diese Tonbänder versteift. Möglicherweise liegt das Motiv ja ganz woanders?«

»Du denkst an Benno Frey?«

Die Chefin nickte. »Er könnte die Tat aus Eifersucht begangen haben. Es kann mir niemand erzählen, dass es auf Dauer gut geht, wenn zwei Männer gleichzeitig dieselbe Frau lieben. Deswegen ist ja auch meine erste Ehe in die Brüche gegangen. Na ja, um ehrlich zu sein, auch die zweite. Aber da lagen die Dinge noch etwas anders. Das gehört jetzt auch gar nicht hierher. Wenn ihr zwischen den Auswertungen noch Zeit findet, mit diesem Frey und Frau Junker über dieses seltsame Dreiecksverhältnis zu reden, dann solltet ihr das unbedingt tun. Schiebt es am besten nicht zu sehr auf die lange Bank. Habt ihr sonst noch etwas?«

Rieke blickte konzentriert auf ihren Bildschirm. »Ich glaube, ich habe das Entrümpelungsunternehmen gefunden, für das Marcel Faber Ende April gearbeitet hat. Der Auftrag, bei dem er die Tonbänder gefunden hat. Ich weiß nicht, ob es sich lohnt, der Sache noch irgendwie nachzugehen.«

Die Chefin überlegte kurz. »Es kann sicher nicht schaden. Vielleicht erinnert sich jemand dort noch an diese Aktion. Jede Information, die wir zu den Bändern kriegen können, kann wertvoll sein.«

»Ich rufe da gleich mal an«, gab Rieke zurück und notierte sich nebenbei eine Berliner Festnetznummer.

Gesa Brockmann blieb noch für einen Moment in Gedanken versunken auf der Schwelle zum Büro stehen. Dann nickte sie ihren beiden Mitarbeitern zu.

»Alles klar. Und gebt mir sofort Bescheid, wenn Enno sich gemeldet hat. Ich hoffe, wir haben dem Jungen da nicht zu viel zugemutet.« Noch ehe jemand antworten konnte, hatte sich die Dienststellenleiterin schon abgewandt und war über den Korridor in ihrem eigenen Büro verschwunden.

Kolbe sah ihr kopfschüttelnd nach und wartete, bis er die Tür leise zuschlagen hörte. »Ich habe eher das Gefühl, dass sie es ist, der die Dinge hier manchmal über den Kopf wachsen.«

Rieke verzog das Gesicht und griff zum Hörer ihres Festnetzapparats. Mit schwungvollen Bewegungen tippte sie die Nummer in die Tastatur.

Das Freizeichen ertönte in der Leitung. Nach nur zweimaligem Klingeln wurde auf der anderen Seite abgehoben. Eine männliche Stimme.

»Firma Gebrüder Kozalla, Entrümpelungen und Haushaltsauflösungen, Udo Kozalla am Apparat?«

»Guten Morgen, Herr Kozalla. Hier spricht Kommissarin Rieke Voss von der Inselpolizei Langeoog.«

»Lange … watt?«

»Langeoog!«

»Oog wie die Oogen? Also die Glotzkorkn?«

»Langeoog wie die ostfriesische Insel. In der Nordsee.«

»Ach so. Ick dachte schon, Ihnen fehlt watt. Womit kann ick denn dienen, gnäjes Frollein? Mit ner Entrümpelung oder mit 'ner Auskunft? Wohl eher mit 'ner Auskunft, wa? Sie klingen mir so danach.«

»Ich habe ein paar Fragen zu einem Auftrag, den Ihre Firma vermutlich am dreißigsten April dieses Jahres ausgeführt hat.«

Ein Moment der Stille. Kurz darauf war ein geschäftiges Blättern zu hören.

»Am dreißigsten. Moment, datt ham wa jleich. Da warn wir in der Mittenwalder Straße 64, vierter Stock links bei Paschwitz und dazu noch – on top sozusajen, wa? – die Entrümpelung von dem janzen Dachbodenjedöns. Watt stimmt denn damit nich?«

»Mit dem Auftrag ist sicher alles in Ordnung«, antwortete Rieke. »Erinnern Sie sich an einen Mitarbeiter namens Marcel Faber?«

Kozalla gab ein kurzes, schnaufendes Geräusch in seine Sprechmuschel ab. »Wie heest der? Faber? Nee. So jemanden ham wa nich. Oder … Moment mal! Nich, datt ick Ihnen watt Falschet erzähle. Nachher kommen Se mir noch mit irgendwelchen Fiesematenten umme Ecke und ick stehe da und kieke blöd aussa Wäsche, wa?«

Erneutes Blättern. Dann: »Faber, Faber … hier ham wa die Flitzpiepe ja. War bei uns nur einmal dabei. Als Tagelöhner. Hat sich danach nie wieder bei uns jemeldet. Watt hatta denn, der Kleene? Hatta watt ausjefressen?«

»Das kann man nicht unbedingt behaupten. Ich stelle Ermittlungen in einem Mordfall an.«

»Hatt der wen kaltjemacht? Junge, Junge!«

»Herr Faber ist das Opfer.«

»Ooch nich viel besser, wa? Sogar schlimmer, wenn ick mir datt recht bedenke.«

»Ich interessiere mich für eine besondere Begebenheit bei der Dachbodenentrümpelung«, erklärte Rieke. »Können Sie sich daran erinnern, dass Herr Faber von dort etwas mitgenommen hat?«

Kurzes Überlegen. Kozalla dachte nach. »Vielleicht. Is ja schon ne Weile her. Watt meinen Sie, watt wir in der Zeit schon wieder allet wechmaloocht haben?«

»Es geht um eine Schachtel oder einen kleinen Karton mit Tonbändern.«

»Ach, ditte meinen Sie! Ja, ick erinner mir dran. War mir kurz entfallen, wa? Aber jetze is allet wieda jlasklar. Ja, er kam mit so watt anjeschleppt. Hat irjendwatt jefaselt von Tonbändern und so'n Zeug. Hab jar nich richtig zujehört jehabt, weil ma spät dran warn mit der Buchte. Ick hatte ja nur zwee Mann abjestellt dafür. Ick hab ihm jesacht, er soll den Klimbim mitnehmen, wenn er will, aber er soll sick jefälligst beeilen und mir nich wuschig machen damit. Weil, Zeit ham wa alle nich, wa?«

»Sie haben Herrn Faber also erlaubt, die Tonbänder mitzunehmen.«

»Ja, ausnahmsweise, wa? Der janze Kram wär ja sonst eh inner Schrottpresse jelandet. Ick hab bei den beeden auch nur kurz rinjekiekt. Ich musste ja schnell weiter, weil ... wie jesacht ... keene Zeit und so. Und da wärn wa ooch schon beim Stichwort, junget Frollein: Kann die Firma Kozalla Ihnen sonst noch watt Jutet tun?«

»Nein, danke«, gab Rieke zurück. »Sie haben mir sehr geholfen!«

»Jut. Ick muss nämlich jleich noch rüber nach Spandau, zu so ner Buchte, die liecht Jott-Wee-Dee. Also dann, wa? Firma Kozalla wünscht noch eenen anjenehmen Tach. Und wenn Se noch watt ham, klingeln Se am besten nochma durch. Aber nich uff den Festnetzapparat im Büro, da is jleich keener mehr.«

Rieke Voss bedankte sich nochmals und legte auf.

»Uff«, entfuhr es ihr.

»War es so schlimm?«, fragte Kolbe mit einem Grinsen.

»Es ging«, gab sie mit einem Schulterzucken zurück und informierte ihren Kollegen über den Inhalt des Gesprächs.

»Also nichts, was wir nicht schon gewusst hätten«, bemerkte der Kommissar.

Im selben Augenblick gab sein Handy einen Signalton von sich.

Rieke blickte auf. »Eine Nachricht von Enno?«

»Nein«, antwortete Kolbe. »Die kommt von weiter her. Aus Übersee. Vereinigte Staaten.«

»Wusste gar nicht, dass unser Fall so weit reicht«, scherzte Rieke.

»Möglicherweise doch«, gab Kolbe zurück, der noch immer stirnrunzelnd auf das Display seines Handys blickte.

Etwas in seinem Tonfall ließ Rieke aufhorchen. Sie hielt mit ihren Notizen inne und blickte ihren Kollegen über den Schreibtisch hinweg an. »Was ist los? Schlechte Neuigkeiten?«

Kolbe beugte sich leicht vor. »Ich habe eine Anfrage bei der Universität gestellt, an der Anneke angeblich studiert.«

»Wieso angeblich?«

Kolbes Mundpartie verhärtete sich leicht. »Weil sie dort schon seit fast einem Jahr nicht mehr gesehen wurde.«

Kapitel 15

Am Nachmittag erreichten die Temperaturen auf der Insel mit dreißig Grad im Schatten neue Höchstwerte für diese Woche. In der Pension *Lütt Deern* hatte bis zur Mittagszeit reges Treiben geherrscht, das wenig später schlagartig beendet war, als alles Frühstücksgeschirr abgeräumt und in der Spülmaschine verstaut war und es die Gäste aus dem sich langsam aufheizenden Gebäude hinaus auf die Insel gezogen hatte, wo ein frischer Wind und die See für Abkühlung sorgten.

Danach war eine nahezu gespenstische Ruhe im Haus eingekehrt, die nur hin und wieder durch ein leise quietschendes Fenster und das unter der intensiven Sonneneinstrahlung gelegentliche Arbeiten des Dachgebälks unterbrochen wurde.

Nicht einmal Frau Westermann schien anwesend zu sein, Enno Dietz hatte sie vor wenigen Minuten das Haus verlassen sehen. Seitdem hockte er in dem stickigen Büro, bei geschlossenem Fenster und heruntergelassener Jalousie. Im Raum selbst herrschten dämmriges Licht und eine Luft, die so aufgeladen von Hitze war, dass sie beim Atmen ein beklemmendes Gefühl erzeugte.

Enno saß auf dem Bürostuhl und versuchte, einen Schnellhefter als Fächer einzusetzen. Dabei rann ihm dennoch der Schweiß in Strömen über das Gesicht, und von Zeit zu Zeit war er gezwungen, innezuhalten, um ihn mit seinem Leinentaschentuch abzuwischen.

Dabei horchte er nach jedem Geräusch. Anfangs hatte ihn das Knacken und Knarren des Gebälks irritiert. Jedes Mal war er drauf und dran, aufzuspringen, um seitlich hinter dem Aktenschrank in Deckung zu gehen, nur um seinen Irrtum gerade noch rechtzeitig zu bemerken. Inzwischen hatte er sich an die Laute, die das Haus erzeugte, gewöhnt und wusste sie einzuordnen.

So verstrich eine zähe Minute nach der anderen. Enno ertappte sich dabei, immer wieder zu der kleinen Wanduhr über der Tür zu blicken, nur um festzustellen, dass die Zeiger sich seit dem letzten Mal kaum merklich vorwärtsbewegt hatten.

Mit der Zungenspitze befeuchtete er sich seine Lippen und verwünschte sich selbst dafür, dass er sich nicht mehr als ein lächerliches Glas Leitungswasser mit auf seinen Beobachtungsposten genommen hatte. Er beobachtete, wie der letzte darin klebende Tropfen nach und nach verdunstete und nichts zurückließ als einen beinahe unsichtbaren geränderten Fleck.

Enno starrte auf das Glas und bemerkte kaum, dass seine Augenlider mit jeder Sekunde schwerer und schwerer wurden. Anfangs blinzelte er noch dagegen an, versuchte dabei, seine Sitzposition zu ändern, sein Kreuz durchzudrücken, doch schon nach einem kurzen Augenblick sackte er wieder in die ursprüngliche Haltung zurück und wurde gezwungen zuzulassen, wie die Müdigkeit mit gierigen Fingern nach ihm griff. Schon hielt sie ihn fest gepackt. Ihr Verbündeter war der Schlafmangel der letzten Nacht.

Enno wurde von den Füßen an ausgefüllt von einer schweren Form der Lethargie, so als würde jemand flüssiges Blei von oben in seinen Körper gießen, das nach und nach sämtliche Vitalfunktionen seines Systems auslöschte.

Zuletzt fielen ihm die Augen zu. Sein Kopf sackte nach vorn, sodass seine Kinnspitze beinahe seine Brust berührte.

Alles um ihn herum war ausgeblendet.

Wie lange er in dieser Position ausgeharrt hatte, vermochte er später nicht mehr zu sagen. Auch, welches Geräusch ihn letztlich aus dem schweren Schlummer aufschreckte, blieb ihm unbekannt. Es war etwas, das sich von außen in die inzwischen vertraut gewordene Soundkulisse gemischt hatte.

Enno riss die Augen auf, versteifte seinen Oberkörper und wusste im selben Moment, dass jemand im Haus war, und – was noch viel schlimmer war – ihm nur noch Bruchteile von Sekunden blieben, um zu reagieren.

Schritte hatten sich genähert. Jemand war direkt vor der Tür zum Büro stehen geblieben und horchte vermutlich in die nahezu vollkommene Stille hinein.

Mit geweiteten Augen registrierte Enno, wie die Türklinke von außen heruntergedrückt wurde.

Er dachte nicht mehr nach, sondern gehorchte nur noch der Situation, den Ereignissen.

Enno rutschte vom Drehstuhl und ließ sich kurzerhand unter den Schreibtisch fallen. Sein Verstand setzte erst ein, nachdem sein Körper der Schwerkraft gehorcht hatte.

Der Polizist kauerte sich unter dem Tisch zusammen, genau in dem Augenblick, in dem die Tür sanft und leise ins Zimmer aufschwang.

Jemand betrat den Raum. Eine flinke, huschende Bewegung, nicht unähnlich einer Ballerina, die sich halb im Kreis dreht.

Die Tür wurde sanft ins Schloss gedrückt. Wer auch immer hereingekommen war, schien peinlich darauf bedacht zu sein, möglichst wenig Geräusche zu verursachen.

Enno erkannte ein Paar dunkelbraune Herrenschuhe und graue Socken, die größtenteils von beigefarbenen Hosenbeinen überdeckt wurden.

Der Mann kam näher, trat jetzt zielstrebig an den Tisch heran und verharrte in der Bewegung.

Enno konnte den anderen atmen hören, ruhig und gleichmäßig.

Die Schuhspitzen des Mannes waren jetzt so nah, dass sie beinahe die Knie des Polizisten berührten.

Die Unterseite der Tischplatte drückte schmerzhaft auf Ennos Nacken. Allzu lange würde er, hochgewachsen wie er nun einmal war, nicht in dieser Position verharren können. Bereits jetzt machte sich in seinen Beinen ein taubes, leicht kribbelndes Gefühl breit.

Geräusche über ihm. Der Ankömmling machte sich an dem Gerät auf dem Schreibtisch zu schaffen.

Enno hörte, wie ein Tonband eingelegt wurde. Mehrere Tasten und Schalter wurden ausprobiert, bis das vertraute Summen und leichte Vibrieren einsetzte.

Es dauerte nicht lange, bis eine leise Orchestermusik einsetzte. Dazu ein Knistern aus dem kleinen Lautsprecher, das den Zuhörer das hohe Alter der Aufnahmen erahnen ließ.

Enno glaubte, ein Akkordeon und mehrere Geigen herauszuhören, sowie vermutlich eine Conga, auf der im Hintergrund ein leiser Takt geschlagen wurde. Das kleine Orchester spielte ein langes Intro, das bereits die Melodie des späteren Refrains erahnen ließ. Jeden Augenblick musste der Gesang einsetzen.

Und tatsächlich: Eine Frauenstimme ertönte. Sie hatte einen tiefen, fast sonoren Klang und hörte sich dabei doch sanft und leicht melancholisch an.

In diese Klänge mischte sich ein leises, heiseres Lachen, das jedoch nicht von der Aufnahme herrührte.

Der Kerl über Enno schien zufrieden mit dem ersten Ergebnis des Tonbands, das er unauffällig in dieses Zimmer geschmuggelt hatte.

Das Band wurde vorgespult. Enno bekam ein innerliches Bild davon, wie sich die beiden Spulen über ihm bewegten.

Eine andere Stelle setzte ein. Wieder die Frauenstimme, wieder das leichte altersbedingte Rauschen und Knistern im Lautsprecher.

Dann wurde geräuschvoll eine Taste bestätigt, und das Gerät verstummte. Ein hektisches Hantieren an den Spulen. Der Mann vor Enno trat von einem Bein auf das andere. Das Material seiner Schuhe knarrte dabei leise.

Der Mann drehte sich um, vermutlich in der Absicht, das Zimmer zu verlassen.

»Halt! Bleiben Sie stehen!« Enno hatte die Worte beinahe automatisch ausgestoßen.

Der Mann vor ihm verharrte tatsächlich mitten in der Bewegung. Sicherlich versuchte er einzuordnen, von welcher Stelle die Stimme erklungen war.

Enno versuchte, sich zu bewegen, was ihm in der Enge des Raums unter dem Schreibtisch alles andere als leicht fiel.

Als der Eindringling zu fliehen versuchte, warf sich der Polizist kurzerhand nach vorne und katapultierte sich aus seinem Versteck heraus.

Mit beiden Armen klammerte sich Enno um die Schienbeine des Mannes.

Mit einem heiseren Aufschrei ging der andere zu Boden.

Ein dumpfes Poltern auf dem Fußboden. Ein überraschter und zugleich wütender Laut, der sich aus der Kehle des Mannes Bahn brach.

Enno warf sich abermals nach vorne und hinderte seinen Gegner am Aufstehen. Jetzt blickte er das erste Mal in dessen Gesicht.

»Lucas Krause«, presste Enno hervor.

Der Angesprochene riss die Augen auf. »Was zum Teufel machen Sie hier? Lassen Sie mich sofort los!«

»Von wegen«, antwortete Enno angestrengt. »Mein Name ist Enno Dietz von der Langeooger Inselpolizei. Und Sie … sind vorläufig festgenommen.«

»Sind Sie verrückt, oder was? Loslassen, hab ich gesagt!«

Enno Dietz schüttelte entschieden den Kopf, packte Krauses Handgelenke und zog den Mann daran in die Höhe.

Der andere schrie laut auf und versuchte, sich aus dem Griff herauszuwinden. Vergeblich.

»Sie werden jetzt mit mir auf die Dienststelle kommen, da können Sie sich von mir aus beschweren.«

»Warum?«, rief Krause, der sich wie ein panisches Reh nach allen Seiten umblickte. »Was werfen Sie mir vor?«

Enno, der seinem Gegenüber den rechten Arm auf den Rücken gedreht hatte, lächelte mild.

»Als ob Sie das nicht wüssten. Sie haben die Tonbänder an sich genommen. Ich hoffe, Sie werden nachher beim Verhör durch die Inselkommissare eine gute Erklärung dafür haben. Sie werden sie brauchen!«

***

»Gute Arbeit, Enno.«

Kolbe klopfte seinem jungen Kollegen auf die Schulter.

Enno Dietz setzte die Wasserflasche ab, die er in einem Zug bis auf einen kleinen Rest geleert hatte.

»Danke. War gar nicht so schlimm, wie ich angenommen hatte. Haben Sie die Tonbänder an sich genommen?«

111

»Sind bei der Chefin in Verwahrung«, antwortete Kolbe. Er nickte seiner Kollegin zu, die am Eingang zum Verhörraum wartete.

Lucas Krause saß auf einem einfachen Stuhl hinter dem grauen Tisch. Vor ihm ein Glas Wasser, das er bisher kaum angerührt hatte.

Die beiden Inselkommissare betraten den Raum und schlossen die Tür hinter sich.

Rieke setzte sich auf den gegenüberliegenden Stuhl, während Kolbe sich mit dem Rücken gegen den Türrahmen lehnte. Die Inselkommissarin stellte ein kleines Aufnahmegerät in die Mitte des Tischs.

Krause beäugte es argwöhnisch, sagte aber keinen Ton.

Er wurde von den Beamten über seine Rechte aufgeklärt.

Krause ließ dies alles beinahe teilnahmslos über sich ergehen.

»Sie wissen, warum Sie hier sind?«, begann Rieke Voss die Befragung.

»Kanns mir denken«, gab Krause maulend zurück. Er begann damit, an den Fingernägeln seiner linken Hand herumzuzupfen. »Sie glauben, mir was anhängen zu können, weil Sie mich mit einem Tonband ertappt haben. Na und?«

»Nicht irgendein Tonband, Herr Krause«, stellte Rieke richtig, »sondern mit gleich zweien, die sich vorher im Koffer von Herrn Faber befanden.«

»Was Sie mir erst einmal beweisen müssten.«

»Wollen Sie abstreiten, Fabers Koffer an sich genommen zu haben?«

Krause blickte kurz von seiner Tätigkeit auf. »Allerdings will ich das. Ich habe weder mit Faber noch mit seinem vermaledeiten Koffer etwas zu tun. Sie können gerne mein Zimmer danach durchsuchen, wenn Sie mir nicht glauben.«

»Wie lautet denn Ihre Version, Herr Krause?«, fragte die Kommissarin. »Was sind das für Bänder?«

»Sie gehören mir.«

»Ihnen?« Rieke hatte eine Augenbraue angehoben.

»Mal angenommen, wir glauben Ihnen das, wie wollen Sie uns dann erklären, was Sie vor einer halben Stunde im Büro der Pension von Frau Westermann getan haben?«

»Das ist doch wohl meine Sache, oder etwa nicht?« Krause friemelte an seinem Daumennagel herum und tat so, als würde ihn das alles nichts angehen.

Rieke lehnte sich auf ihrem Stuhl zurück und verschränkte ihre Arme vor der Brust. »Sagen Sie mal, wollen Sie uns eigentlich für dumm verkaufen?«

Krause antwortete nicht.

»Jetzt ist Schluss mit dem Unfug«, schaltete sich Kolbe ein. Er stieß sich vom Türrahmen ab und kam langsam auf den Mann zu. Am Tisch blieb er stehen und beugte sich leicht über die Oberfläche.

»Sie waren es, der Fabers Koffer aus dem Zug entwendet hat. Wir wissen es. Wir wollten Ihnen nur noch eine Chance geben, Ihre Version der Geschichte zu erzählen. Sie sind gesehen worden, Krause. Es gibt eine Augenzeugin, die Sie dabei beobachtet hat, wie Sie sich über Faber beugten und mit seinem Koffer abgehauen sind.«

»Das ist ein Bluff«, platzte es aus Krause heraus. »Ich glaube Ihnen kein Wort.«

Kolbe griff in die Brusttasche seines Hemds und zog ein Papier heraus, das er auseinanderfaltete. Er legte es wortlos vor dem Verdächtigen auf den Tisch.

Krause zögerte, aber letztlich sah er doch hin. Seine Augen weiteten sich für einen winzigen Moment, und doch lang genug, um den Inselpolizisten zu signalisieren, was gerade in ihm vorging.

Krause öffnete seine Lippen und tat einen tiefen Atemzug. Als er seine Hand nach dem Glas Wasser ausstreckte, zitterte sie leicht. Mit einer unsicheren Bewegung setzte er es an seine Lippen und trank.

»Wollen Sie immer noch leugnen, dass Sie im Zug gewesen sind?«, fragte Kolbe.

Krause schüttelte den Kopf. »Also schön. Ich gebe es zu. Ich bin da gewesen. Ich war in dem Zug. Ich hab mich den ganzen verdammten Nachmittag am Bahnhof herumgetrieben und nach Faber Ausschau gehalten.«

»Warum?«

»Warum, warum. Weil ich Faber abfangen wollte. Ich wollte persönlich mit ihm reden, bevor einer der anderen die Chance dazu bekam. Aber es kam nicht mehr dazu. Er war bereits tot.«

»Jetzt mal langsam«, mahnte der Kommissar. »Sie waren also am Bahnsteig. Und Sie sahen Faber im Zug sitzen. Wie saß er da?«

»Was soll die Frage? Wie meinen Sie das?«

»Ich frage Sie, wie er dagesessen hat. Beschreiben Sie es mir.«

Krause räusperte sich. Nochmals griff er nach seinem Glas und trank einen Schluck.

»Ich war am Bahnsteig und sah den Zug einfahren. Ich wusste aber weder, ob Faber wirklich drinsaß und wenn ja, in welchem Wagen. Also wartete ich am Bahnsteig, so wie ich es bei den drei Zügen vorher auch schon getan hatte. Ich sah die Leute aussteigen und in Richtung der Straße laufen. Faber war nicht dabei. Ich ging noch ein Stück den Bahnsteig runter und wollte gerade wieder umkehren, als ich ihn plötzlich im letzten Wagen sitzen sah.«

»Welche Farbe hatte er? Erinnern Sie sich daran?«

»Orange«, antwortete Krause. »Ich glaube, es war orange.«

»Und Faber? Wie genau saß er da?«

Krause nagte an seiner Unterlippe. »Er hatte den Kopf leicht gegen die Scheibe gelehnt. Seine Augen waren geschlossen. Deswegen hab ich ja auch gedacht, er sei eingeschlafen.«

»Was taten Sie dann?«

»Ich habe von außen an die Scheibe geklopft, um mich bemerkbar zu machen. Aber er hat überhaupt nicht darauf reagiert. Ich hab da immer noch gedacht, dass er schläft. Also entschied ich, den Waggon zu betreten. Ich habe den vorderen Eingang benutzt, weil da noch offen war. Ich ging den Wagen entlang, bis zu dem Platz, auf dem er saß. Ich beugte mich über ihn und wollte gerade etwas zu ihm sagen, als ich das Blut auf seinem Hemd sah. Und schließlich diesen … diesen Dolch in seiner Brust.«

»Weiter«, forderte Kolbe sein Gegenüber auf. »Was haben Sie dann getan? Wie haben Sie sich verhalten?«

Krause atmete tief durch. »Ich war im ersten Moment entsetzt. Geradezu schockiert. Ich … verdammt, ich habe doch nicht damit gerechnet, so etwas zu finden.«

»Sie haben nicht überprüft, ob Faber wirklich tot war?«

Der Gedanke schien Krause vollkommen abwegig. »Was sollte denn sonst mit ihm los sein? Ich meine … so wie er dagesessen hat, konnte er nur tot sein. Für mich war das eindeutig.«

»Was ist dann passiert, Herr Krause?«, fragte Rieke. Sie blickte dem Mann auf dem Stuhl direkt in die Augen.

»Ich habe den Koffer zwischen seinen Füßen gesehen. Den schwarzen Aktenkoffer. Ich … ich habe ihn an mich genommen, hab mich umgedreht und bin aus dem Zug gerannt. Raus auf den Bahnsteig und raus auf die Straße. Es war ein Reflex. Ich habe nicht wirklich darüber nachgedacht. Ich bin gerannt. Aber nur anfangs, weil mir plötzlich dämmerte, dass ich in den Augen anderer verdächtig wirken könnte. Also habe ich mich den anderen angepasst und bin gemächlich weiter geschlendert. Ich bin den Weg vom Bahnhof bis zur Pension zu Fuß gelaufen. Da erst ist mir klar geworden, was ich getan hatte.«

»Was haben Sie denn getan?«, hakte Kolbe nach.

»Einen Diebstahl begangen«, antwortete Krause. »Ich habe einen Toten bestohlen. Aber ich konnte ja wohl schlecht zurück. Mir war klar, dass man ihn inzwischen gefunden haben musste. Ich dachte, wie es auf die Polizei wirken würde, wenn ich jetzt mit dem Koffer ankam. Man musste mich doch unweigerlich für den Mörder halten. Denn nur der konnte das Ding an sich genommen haben. Ich weiß, dass Sie beide genauso denken. Aber das ist falsch! Ich habe Faber nicht umgebracht!«

»Wie ging es dann weiter, nachdem Sie in der Pension waren?«, fragte Rieke.

Krause breitete kurz die Arme aus und ließ sie anschließend kraftlos an seinem Körper herunterhängen. »Ich habe überlegt, den Koffer anonym bei der Polizei abzugeben. Aber auch das schien mir viel zu riskant. Ich ging in Gedanken durch, wer mich gesehen haben könnte, als ich den Zug verließ. Und da bleibt eigentlich nur die Kleine aus dem Abteil. Ich war fest davon überzeugt, dass sie geschlafen hat. Aber da habe ich mich wohl getäuscht.«

»Sie hat Sie gesehen«, sagte Kolbe knapp. »Anhand ihrer Angaben haben wir ein vorzügliches Phantombild anfertigen lassen..«

Krause beugte sich vor. »Wenn sie mich gesehen hat, dann wird sie doch auch bestätigen können, dass ich kein Messer bei mir hatte. Und dass ich Faber nicht umgebracht habe!«

»Das kann sie leider nicht bestätigen, da sie ihre Augen die meiste Zeit geschlossen hatte«, antwortete Kolbe. »Auch aus Angst vor Ihnen.«

Krause schüttelte langsam den Kopf.

»Ich habe es nicht getan. Ich sah den Toten und … geriet in Panik! Ich stand unter Schock! Das muss man mir doch zugutehalten.«

»Ihre Flucht aus dem Zug vielleicht«, räumte Kolbe ein. »Aber nicht das, was danach kam. Dass Sie Fabers Koffer aufgebrochen haben. Denn das haben Sie doch getan, oder etwa nicht?«

Krause machte ein angestrengtes Gesicht. »Ja, das habe ich. Ich wollte … na ja, ich wollte nachsehen, ob sich die ganze Aktion wenigstens gelohnt hat. Ob die Bänder drin waren oder nicht.« Er legte eine kurze Pause ein und schob schließlich fast widerwillig hinterher: »Sie waren es.«

»Sie entschieden sich dafür, die Bänder vorerst zu behalten«, führte Kolbe weiter aus. »Was hatten Sie damit vor?«

Krause griff nach dem Glas, leerte den Rest und stellte es auf den Tisch zurück. »Vor allen Dingen wollte ich dem verdammten Mario Thalberg den Deal vor der Nase wegschnappen. Dieser dämliche Mistkerl mit seiner eingebildeten Schlagertrulla. Die halten sich für was Besseres, wissen Sie? Und nebenbei gehen die über Leichen. Leute wie mich, die versuchen, sich in dem harten Geschäft über Wasser zu halten, interessieren die nicht. Juliette Thalberg ist so kalt, die würde direkt neben Ihnen stehen und zusehen, wie Sie ersaufen. Und das, ohne dabei mit einer ihrer falschen Wimpern zu zucken. So eine ist das! Hält sich für eine zweite Edith Piaf, nur weil sie vor ein paar Jahren mal so etwas Ähnliches wie einen kleinen Schlagerhit hatte: *Heute Nacht gibts kein Pardon, kleiner Caballero!*«

»Sie wollten die Tonbänder also unter der Hand zu Geld machen«, führte Kolbe aus. »Und dieser Journalist Tom Schäfer sollte dabei auch eine Rolle spielen.«

Krause nickte. »Es hätte für uns beide die große Chance sein können. Ich hätte die Bänder an meine Firma verscherbelt und Schäfer hätte das Exklusivrecht bekommen, darüber zu berichten. In dem Fall wäre uns beiden enorm geholfen gewesen. Aber wie es aussieht, wird ja jetzt wohl nichts mehr draus. Oder wie ist das?«

»Ich würde an Ihrer Stelle nicht darauf wetten«, antwortete Kolbe.

Krause lachte bitter und wurde sofort wieder ernst.

»Eines verstehe ich nicht ganz: Wenn Sie dieses Phantombild von mir bereits in der Tasche hatten – warum haben Sie mich dann nicht schon längst festgenommen?«

»Weil wir Sie und die Tonbänder wollten.« Kolbe nahm das Blatt Papier an sich, steckte es ein und bewegte sich zu seinem alten Platz an der Tür zurück. »Wir hatten die Hoffnung, dass Sie der Versuchung nicht widerstehen konnten, nachzusehen, was sich auf den Bändern befindet.«

»Gratuliere«, sagte Krause mit verkniffenem Gesichtsausdruck. »Das ist Ihnen gelungen. Ich verdammter Idiot.« Er sah vom Tisch auf, in Kolbes Richtung.

»Und wie geht es jetzt mit mir weiter?«

»Sie sind festgenommen«, antwortete der Kommissar. »Wir sind befugt, Sie bis auf Weiteres hierzubehalten, weil Sie tatverdächtig sind, den Mord an Marcel Faber begangen zu haben.«

»Aber ich habe Ihnen doch gerade erklärt ...«, ereiferte sich Krause. Er stockte und machte eine wegwerfende Handbewegung. »Ach, was solls. Es hat ja sowieso keinen Zweck.«

»Woher hatten Sie eigentlich den Dolch?«, fragte Rieke in die Pause hinein.

Krause sah sie irritiert an. »Welchen ... ach, Sie meinen das Ding, mit dem Faber umgebracht wurde. Tja ... woher habe ich den? Sagen Sie's mir, denn ich hab's vergessen.«

»Wollen Sie auf diese Frage nicht besser ernsthaft antworten?«

Krause beugte sich über den Tisch. Sein Gesicht war leicht rot angelaufen. »Ich kann es Ihnen nicht sagen, weil es nicht mein Dolch ist. Ich habe das verdammte Ding noch nie zuvor gesehen! Und das ist die verdammte Wahrheit! Bringen Sie mir eine Bibel oder das Grundgesetz und ich lege einen heiligen Schwur drauf ab!«

»Dass Sie irgendwann noch unter Eid werden aussagen müssen, liegt sogar im Bereich des Wahrscheinlichen«, antwortete Kolbe gelassen. »Aber das wird ganz sicher nicht hier in der Dienststelle passieren.«

»Das wars dann also mit mir, ja?«, fragte Krause beinahe tonlos. »Egal, wie diese Sache hier ausgeht: Ich kann mich gehackt legen. Eigentlich könnte ich mir auch gleich einen Strick nehmen. Das würde mir unnötigen Ärger ersparen.«

»Sie haben sich bewusst für den Diebstahl entschieden«, gab Kolbe zurück. »Die möglichen Folgen hätten Sie zumindest vorher abwägen müssen.«

Der Kommissar bedeutete dem Verdächtigen, sich zu erheben.

»Wenn Sie mir bitte folgen wollen? Sie stehen vorläufig unter Arrest, bevor wir Sie aufs Festland überführen.«

***

118

Nachdem die Inselkommissare ihrer Vorgesetzten einen vorläufigen Bericht abgeliefert hatten, fanden sie sich kurz in ihrem gemeinsamen Büro zusammen.

»Was hältst du von seinen Aussagen?«, fragte Rieke.

Kolbe fuhr sich mit der Hand über sein unrasiertes Kinn. »Für mich war er es. Er hatte ein Motiv, die Gelegenheit und die Verfassung, die Tat auszuüben.«

»Und die Tatwaffe?«

»Was weiß ich, wo er die her hat? Vielleicht gestohlen. Die Nachforschungen haben ja in dieser Richtung bisher noch nichts ergeben.«

»Was schade ist«, bemerkte Rieke. »Das wäre jetzt natürlich das i-Tüpfelchen oder die Kirsche auf der Sahnetorte. Aber leider läuft es nicht immer so.«

Kolbe sah seine Kollegin nachdenklich an. »Du wirkst nicht so, als wärst du mit Krause als Täter zufrieden. Warum nicht?«

»Keine Ahnung«, antwortete Rieke. »Vielleicht ist es die fehlende Verbindung zur Tatwaffe, vielleicht aber auch etwas anderes. Die Geschichte, die er uns erzählt hat …«

»Was ist damit?«

Rieke erwiderte den Blick des Kommissars. »Sie könnte wahr sein. Anneke könnte nicht nur den Mord, sondern auch den Mörder verschlafen haben. Erst als Krause den Wagen bestieg, ist sie wach geworden.«

»Ich weiß nicht recht«, dachte Kolbe laut.

»Überleg doch mal. Versetzen wir uns für einen Moment in die Lage des Mörders.«

Rieke stand von ihrem Bürostuhl auf, griff sich dabei eine lange Schere und begab sich mit zwei Schritten in die Mitte des Raums.

»Unser Mörder hat Faber gerade den Dolch ins Herz gestoßen. In etwa so.« Rieke vollführte eine Bewegung mit der Schere in Richtung ihres Brustkastens. Millimeter davor stoppte sie ihre Hand.

»Pass auf, dass du dich nicht versehentlich verstümmelst«, sagte Kolbe grinsend. »Ich habe mich gerade an dich gewöhnt.

Außerdem vermute ich, dass der einseitige BH noch nicht erfunden wurde.«

»Idiot«, antwortete Rieke kameradschaftlich. »Vielleicht können wir einfach mal beim Thema bleiben, ja? Worauf ich nämlich hinauswill: Wenn der Mörder den hinteren Einstieg gewählt hat, wie wir bisher immer angenommen haben, dann hätte er Anneke auf ihrem Platz sehen müssen.«

»Wer sagt dir, dass es nicht so war?«

Sie wiegte den Kopf hin und her. »Niemand. Aber sein Risiko entdeckt zu werden, hätte sich damit noch einmal erhöht. So aber hat er sich davon überzeugt, dass die junge Frau tief und fest schläft und zudem auch noch Musik auf den Ohren hat. Er begeht die Tat und verschwindet. Faber ist tot. Sein Kopf ist an die Fensterscheibe gelehnt. Es sieht aus, als schliefe er. Und erst jetzt kommt Krause ins Spiel, der genau diese Szene beobachtet. Den eigentlichen Mörder hat er nicht wahrgenommen, weil der möglicherweise in der Menge untergegangen ist. Außerdem sah er mit dem Koffer in der Hand wie ein Reisender aus.«

»Das Ganze ist schon sehr theoretisch«, gab Kolbe zu bedenken.

»Aber es könnte so gewesen sein«, beharrte Rieke. »Mehr sage ich ja gar nicht. Wenn Anneke zum Zeitpunkt des Mordes wach gewesen wäre, hätte sie die Tat beobachtet und auch den Mörder gesehen. Das Gleiche gilt aber auch umgekehrt: Der Mörder hätte sie zwangsläufig vor oder spätestens nach der Tat sehen müssen. Und er hätte das Risiko nicht eingehen können, sie am Leben zu lassen. Das alles ist aber offensichtlich nicht passiert. Deswegen glaube ich, dass Anneke nicht den Mörder, sondern den Dieb gesehen hat.«

Kolbe nickte nachdenklich. »Du vergisst aber dabei, dass der Täter unter einer besonderen psychischen Anspannung stand, in der sich viele von uns nicht rational verhalten. Vielleicht ist er einfach in Panik geraten und weggerannt.«

»Das hat Anneke aber nicht ausgesagt.«

»Dann hat sie den Mord eben komplett verschlafen«, konterte der Kommissar. »Der Mörder hat sich nach der Tat vergewissert, dass sie noch immer tief und fest schläft.«

»Wenn das so ist, würde das für meine Theorie sprechen«, antwortete Rieke. »Und nebenbei gegen Lucas Krause als Täter.«

Kolbe wischte sich den Schweiß von der Stirn. »Du machst mich noch verrückt damit.«

Ehe Rieke antworten konnte, klingelte Kolbes Handy.

Der Kommissar nahm die Verbindung an und wechselte ein paar Worte mit der Anruferin, bevor er nach einer knappen Verabschiedung wieder auflegte.

»Wenn man vom Teufel spricht«, sagte Kolbe, während er sein Handy wegsteckte. »Das war Bente. Es geht schon wieder um ihre Nichte.«

»Was ist es diesmal?«, fragte die Kommissarin.

Kolbe machte ein ernstes Gesicht.

»Sie hat in Annekes Tasche einen großen braunen Briefumschlag gefunden. Und der ist voller Geld.«

Kapitel 16

»Ah, die charmante Frau Kommissarin, wenn ich mich nicht irre.«

Rieke Voss, gerade erst in der Pension *Lütt Deern* eingetroffen, drehte sich in der Diele um. Ihr Blick fiel auf Tom Schäfer, der am Durchgang zum Salon in einem Sessel gesessen und lustlos in einer Zeitung geblättert hatte. Jetzt war er aufgestanden und kam in kleinen Schritten näher. Dabei schwenkte er ein Glas in der Hand, in dem sich eine bernsteinfarbene Flüssigkeit, vermutlich Whisky oder Cognac, befand.

Schäfer lächelte die rothaarige Ostfriesin süffisant an und verschlang sie mit seinen Blicken.

»Na, haben Sie Ihren Mörder gefunden? Ich war leider nicht anwesend, als man Krause abgeführt hat. Ziemliches Berufspech, würde ich sagen. Aber vielleicht ist es ja noch nicht zu spät. Wie sieht es aus – kann ich Sie auf einen kleinen Drink an die Bar einladen? Frau Westermann tut sicher ihr Bestes, um ...«

»Nein, danke. Kein Interesse.« Rieke Voss musterte den schäbigen Journalisten nun ebenfalls unverhohlen. »Wie es aussieht, ist das auch nicht Ihr erstes Glas heute.«

»Was soll das heißen?« Schäfer machte ein verdutztes Gesicht.

»Geschenkt«, gab Rieke zurück. »Es ist gut, dass ich Sie hier treffe. Wo können wir ungestört miteinander reden?«

Ein breites Grinsen stahl sich in das Gesicht des Reporters. »An der Bar. Oder auf meinem Zimmer.«

»Dann eben doch die Bar«, entschied Rieke mit einem leichten Seufzer.

Wie sich herausstellte, mussten sie sich dafür nicht allzu lange bewegen. Die kleine Bar war ein leicht verdeckt gelegener Teil der Diele, versehen mit einer dunklen Vertäfelung und einem breiten Spiegel in der Mitte. Darüber befand sich eine unbestimmte Anzahl Flaschen, die, obwohl bis zum Rand voll, offenbar seit Jahren mehr den Zweck der Dekoration erfüllten.

Vor dem leicht bauchigen Tresen standen vier Barhocker. Rieke Voss und der Journalist ließen sich auf den beiden mittleren nieder. Noch ehe die Kommissarin reagieren konnte, hatte Schäfer mit der flachen Hand auf die kleine Klingel geschlagen. Der helle Ton musste durch das ganze Haus zu hören gewesen sein.

Nach erstaunlich kurzer Zeit näherten sich unauffällige Schritte. Die umtriebige Frau Westermann tauchte hinter dem Tresen auf, bemühte sich um ein Lächeln und sah ihren männlichen Gast an, dessen Hand noch immer auf der Klingel lag.

»Was trinken Sie?«, fragte Schäfer mit einem Blick auf die Kommissarin.

»Etwas Kaltes, Alkoholfreies.« Rieke zwinkerte der Inhaberin freundlich zu. »Einen Orangensaft mit Eis, bitte.«

Frau Westermann nickte und wandte ihren Kopf in Schäfers Richtung. »Und für Sie?«

Der Journalist kippte seinen Drink hinunter und deutete in sein leeres Glas. »Das Gleiche noch mal.«

Frau Westermann nickte knapp, fasste Schäfers Glas mit spitzen Fingern an und stellte es ihm frisch gefüllt wieder auf den Tresen. Sie schob Rieke ihr Glas hin, verbunden mit der Andeutung eines Lächelns. Danach verschwand sie genauso unauffällig, wie sie gekommen war.

»Cheers«, sagte Schäfer, hob sein Glas und stieß es ein wenig zu abrupt gegen das der Kommissarin.

Rieke glich den Stoß mit einer schnellen Bewegung ihrer rechten Hand aus und verhinderte damit, dass ihr Orangensaft überschwappte.

Schäfer leerte seinen Drink bis auf eine kleine Pfütze, die in seinem Glas stehen blieb. »Na, dann schießen Sie mal los. Bin gespannt, wohin sich unsere kleine Unterhaltung entwickelt.«

Rieke nippte an ihrem Saft und stellte das Glas vor sich ab. »Was können Sie mir über den Deal sagen, den Sie mit Herrn Krause haben?«

»Welchen Deal?«

»Die Tonbänder.«

»Ach, diesen Deal meinen Sie.« Schäfer grinste und machte inzwischen keinen Hehl mehr daraus, dass er angetrunken war. Er blickte in das fast leere Glas, das er unablässig in seinen Händen drehte.

»Krause rief mich vor ein paar Tagen an, erzählte mir diese seltsame Geschichte von dem Fund der Tonbänder und dass hier auf Langeoog ein Treffen stattfinden sollte, bei dem ein paar sogenannte Experten zusammenkommen. Thalberg sei auch da, sagte er.«

»Sie kennen Thalberg?«, warf Rieke ein.

Schäfer nickte. »Allerdings. Jeder aus unserer Branche kennt den großen Super Mario Thalberg, den dummen Drecksack.«

Der Journalist lächelte matt, über sein Gesicht huschte ein leichter Anflug von Melancholie.

»Der Mistkerl hat mir mal übel mitgespielt, indem er mich bei einer lukrativen Sache ausgebootet hat. Das war auf einem dieser Schlagerfestivals. Am Rande dessen hat er verlautbaren lassen, ein paar Insiderinfos bekannt zu geben. Ich zählte damals noch zum engsten Kreis der Pressevertreter. Aber dann fand das Ganze schon einen Tag früher statt – und zwar ohne mich. Das hat er absichtlich gemacht, um mir zu schaden. Seitdem bin ich nicht gut auf diesen schmierigen Fuzzi zu sprechen.«

»Zurück zu Ihnen und Krause«, half Rieke dem Mann auf die Sprünge.

Schäfer leerte den Rest aus seinem Glas und schob es weit von sich, als hätte er plötzlich die Lust daran verloren.

»Krause sagte mir durch die Blume, dass er sich das mögliche Geschäft nicht entgehen lassen wolle. Er würde dieses Mal schneller sein als Thalberg. Das waren seine Worte. Ich hab ihn nicht gefragt, was er vorhat. Ich war nur an der Story dahinter interessiert. Also fuhr ich hierher. Nach Langeoog.«

Schäfer ließ einen langen Blick durch die Diele schweifen.

»Und weiter?«, hakte die Kommissarin nach.

»Als ich hier war, hab ich mich gleich mit Krause in Verbindung gesetzt. Er sagte mir, er habe die Bänder. Ich solle aber keine Fragen stellen, wie er in ihren Besitz gekommen sei. Und daran habe ich mich gehalten.«

»Alles für Ihre Story«, sagte Rieke.

»Genau.«

»Hat Herr Krause in diesem Zusammenhang den Namen Marcel Faber erwähnt?«

»Ja. Kann sein. Ich meine, das war schließlich der Typ, der die Bänder gefunden hatte. Inzwischen weiß ich natürlich, was mit dem Mann los ist. Aber in unserem Telefonat hat Krause nichts davon erwähnt. Nur die Bänder. Er habe sie an sich genommen und würde mir spätestens heute sagen können, was mit denen los ist und vor allem, was für uns beide drin ist.«

»Warum hatten Sie es so eilig?«, fragte Rieke.

Schäfer lächelte traurig. »Weil sowohl Krause als auch mir das Wasser bis zum Hals steht. Er braucht ein neues Geschäft, um in seiner Plattenfirma was auszubügeln, und ich muss dringend bei meiner Zeitung punkten, wenn ich nicht zum nächsten Monatswechsel gefeuert werden will.«

»Sie beide waren sich also einig.«

»Ja. Und plötzlich erfahre ich, dass dieser Faber tot ist. Ich habe sofort begriffen, dass dahinter womöglich eine noch viel größere Story steckt, wenn sich herausstellt, dass er wegen dieser Tonbänder umgebracht wurde. Ich habe mich natürlich mit Krause getroffen, immerhin hat er mir ja nahegelegt, dass ich mir auch in dieser Pension ein Zimmer besorgen soll.«

»Sie haben Krause auf den Mord angesprochen?«, fragte Rieke. »Wie hat er reagiert?«

Schäfer lachte leise. »Ich habe ihn gefragt, ob er diesen Faber kaltgemacht hat. Daraufhin hat er mich angesehen, als hätte ich ihm gerade erzählt, seine Mutter würde noch mal Nachwuchs erwarten. Er hat natürlich alles abgestritten. Bis auf die Sache mit den Tonbändern. Aber vielleicht darf ich zur Abwechslung jetzt auch mal was fragen. Hat Krause die Tat gestanden?«

»Tut mir leid«, antwortete Rieke, »aber das kann und werde ich Ihnen nicht sagen. Das ist Teil der laufenden Ermittlungen.«

»Ehrlich gesagt, hatte ich eine Antwort wie diese erwartet«, maulte Schäfer. »Trotzdem frage ich mich, worin Ihre Gegenleistung für meine Gesprächsbereitschaft besteht.«

Rieke schob ihr halb volles Glas beiseite und stieg galant vom Barhocker. »Ich zahle Ihren letzten Drink.«

Schäfer schnaufte leise. »Danke. Sehr großzügig.«

Rieke drehte sich noch einmal zu ihm um. »Wo waren Sie eigentlich gestern zur Tatzeit, Schäfer?«

Der Journalist blickte von seinem leeren Glas auf. »Auf dem Festland. Genauer gesagt in einer kleinen Kneipe in Wittmund.«

»Gibt es dafür Zeugen?«

Schäfer zuckte mit den Schultern. »Keine Ahnung. Vielleicht. Ich kann mich kaum noch an den Aufenthalt erinnern.«

Rieke ließ den Mann allein und wandte sich der Rezeption zu. Sie wollte gerade klingeln, als die unermüdliche Frau Westermann mit einem Stapel frischer Handtücher um die Ecke kam.

Rieke winkte ihr zu. »Können Sie mir sagen, wo ich Frau Junker und Herrn Frey finde?«

Die Hauswirtin legte die Handtücher auf die Ecke des Tresens und kam näher.

»Sie sind vorhin vom Strand zurückgekommen. Frau Junker ging es nicht besonders, glaube ich. Ihr war übel und schwindlig. Vielleicht von der Hitze.«

»Wann genau war das?«

Frau Westermann sah auf die Uhr an der Rezeption. »Vor etwa einer halben Stunde. Ich habe ihr geraten, sich ein wenig hinzulegen.«

Rieke nickte und ließ sich die Zimmernummer von Doreen Junker geben.

Sie eilte die Treppe hinauf und klopfte nur wenig später an die entsprechende Tür. Die Kommissarin war wenig überrascht, dass Benno Frey öffnete.

»Oh, Sie sind es. Wir haben schon damit gerechnet, dass Sie kommen würden.«

»Tatsächlich?«, fragte Rieke. Sie deutete auf die Tür. »Darf ich vielleicht für einen Moment reinkommen?«

Frey nickte und trat einen Schritt beiseite.

»Doreen fühlt sich nicht besonders. Sie hat sich hingelegt. Aber sie ist wach, falls Sie mit uns beiden reden wollen.«

Rieke betrat das Zimmer, das durch die halb geschlossene Jalousie leicht abgedunkelt war. Die beiden Fenster waren geöffnet, doch es drang kaum Luft herein.

Doreen Junker lag angezogen auf dem Bett. Mehrere Kissen in ihrem Nacken verliehen ihr eine leicht erhöhte Position.

Sie wirkte angeschlagen und matt. Als die Kommissarin näher trat, blinzelte sie.

»Sie sind bestimmt gekommen, um uns zu sagen, dass dieser Krause gestanden hat?«

Rieke Voss schüttelte den Kopf. »Nein. So weit sind wir noch nicht. Wir haben gerade ein erstes Verhör durchgeführt.«

Frey drehte sich zu der Inselkommissarin um. »Aber die Sache ist doch wohl eindeutig? Ich meine … es ist doch wohl klar, dass er es war. Es heißt, dass sie die Tonbänder bei ihm gefunden haben. Wir haben es hier ja gewissermaßen live mitbekommen.«

»Das ließ sich wohl leider nicht vermeiden«, antwortete Rieke ausweichend. »Trotzdem ist es noch zu früh, um den Fall abschließen zu können.«

»Verstehe«, antwortete Frey, obwohl sein Blick etwas anderes sagte. »Und warum sind Sie dann hergekommen?«

»Vielleicht, um unser Gespräch von heute Morgen in Ruhe zu Ende zu bringen«, antwortete Rieke.

Freys Blick verfinsterte sich.

Doreen hob leicht die Hand und deutete in seine Richtung.

»Vielleicht könntest du mir ein Glas Wasser bringen. Ich glaube, ich habe jetzt doch Durst.«

Frey drehte sich in einer abrupten Bewegung um, griff sich das leere Glas von der kleinen Kommode und verschwand damit im angrenzenden Badezimmer. Kurz darauf rauschte das Wasser aus dem Hahn.

»Wir sind im Moment ein wenig angespannt«, sagte Doreen leise. »Aber Benno kriegt sich schon wieder ein. Das hat er bis jetzt immer getan.«

»Warum ist er sauer auf Sie?«, fragte Rieke leise.

»Wegen der Sache mit Thalberg. Das war eine Überraschung für ihn. Na ja, ich bin auch nicht gerade stolz darauf. Vielleicht habe ich den Bogen überspannt.«

Frey kam mit dem Glas Wasser ins Zimmer und reichte es Doreen, die sich unter einigen Mühen im Bett aufsetzte. Sie nickte ihm kurz zu, bevor sie sich an die Kommissarin wandte.

»Könnten Sie mir bitte meine Tropfen aus meiner Handtasche geben? Sie muss irgendwo da unten liegen.«

Rieke beugte sich vor und entdeckte die kleine Damen-handtasche, die halb unter das Bett gerutscht war.

»Es ist eine kleine braune Flasche«, erklärte Doreen. »Ein harmloses pflanzliches Mittel. Es enthält Baldrian. Ich bilde mir immer ein, dass es mir hilft.«

Rieke nickte und zog den Reißverschluss auf. Sie musste nicht lange suchen, um die Flasche zu finden. Als sie sie herauszog, hielt die Kommissarin kurz inne. Ihr Blick war auf den übrigen Inhalt des Täschchens gefallen.

»Würden Sie mir bitte zehn Tropfen ins Glas tun?«, bat Doreen.

»Natürlich.« Rieke schraubte das Fläschchen auf und drehte es, bis sich der erste kleine Tropfen an der winzigen Öffnung bildete. Die leicht bräunliche Flüssigkeit tropfte in das Glas. Während dieser Zeit sprach niemand von ihnen. Nur Frey ging unruhig im Zimmer auf und ab, er wusste offensichtlich nichts mit sich anzufangen.

»Danke«, sagte Doreen, nachdem die Prozedur zu Ende war. Sie trank mehrere kleinere Schlucke und stellte das Glas schließlich umständlich beiseite.

Doreen Junker und Benno Frey blickten die Kommissarin an, die sich mit einer Schulter an die Wand neben dem Bett gelehnt hatte.

»Ich würde gerne noch einmal kurz auf Ihre Beziehung zu Marcel Faber zu sprechen kommen«, sagte Rieke. »Und damit meine ich ausdrücklich Sie beide. Sie mögen diese Frage vielleicht als sehr privat und intim empfinden, allerdings sind wir immer noch dabei, uns ein Bild über die Verhältnisse des Mordopfers zu machen. Ihre Aussagen könnten uns in dieser Hinsicht sehr weiterhelfen.«

Frey stieß einen leisen, leicht gereizt wirkenden Laut aus, lenkte zu Riekes Überraschung dann jedoch ein. »Also gut. Wir drei … also Marcel, Doreen und ich kennen uns schon von Schulzeiten her. Marcel und ich schon seit der Grundschule. Später stieß dann Doreen dazu, die wir anfangs bescheuert fanden. Sorry, du weißt, wie es gemeint ist, Dori.«

Die Frau im Bett winkte ab. »Schon gut. Ich fand euch auch komplett daneben.«

Frey ließ sich zu einem kurzen Grinsen hinreißen.

»Wir haben dann später in Berlin zusammen unser Abi gemacht und waren danach zu dritt ein Jahr in der Welt unterwegs. Neuseeland und Südamerika. Wir haben uns durch Gelegenheitsarbeiten etwas Geld verdient. Ein Teil kam damals auch von Doreens Eltern. Na ja, wir hatten einfach eine unfassbar coole Zeit zusammen. Kannst du dich noch an unseren spontanen Segelausflug erinnern, Dori?«

Doreen Junker lächelte. »Klar kann ich das. Es ist ein Wunder, dass wir das überlebt haben. Aber die Geschichte würde hier wohl den Rahmen sprengen.«

Frey nickte. Er lächelte noch immer. Es war ihm anzusehen, dass er in Gedanken noch immer auf dem Boot war, vielleicht irgendwo vor der Küste Neuseelands, an einem sonnigen Tag.

»Marcel und ich waren spätestens seit dieser Zeit in Doreen verknallt. Wir wussten es beide, aber niemand von uns hat darüber gesprochen. Auch Doreen nicht, die es von uns dreien vielleicht sogar als Erste gewusst hat. Auf der ganzen Reise ist nichts zwischen uns passiert. Ein ganzes Jahr lang nicht. Aber als wir dann nach Berlin zurückkamen, war uns allen klar, dass wir uns so schnell nicht trennen würden. Wir kamen über Beziehungen von Doreens Eltern an eine einigermaßen günstige Wohnung in Berlin Kreuzberg. Und plötzlich lebten wir in einer WG. Alle drei fingen wir ein Studium an. Marcel und ich haben kurz nacheinander wieder hingeschmissen. Nur Doreen hat ihres zu Ende gebracht. Für uns Jungs war es nur wichtig, in ihrer Nähe zu sein. Für sie da zu sein. Und irgendwann ist eben passiert, was passieren muss, wenn man unter diesen Bedingungen tagein, tagaus zusammenlebt. Ehe wir eigentlich so richtig wussten, was los war, befanden wir uns mitten in einer Dreiecksbeziehung. Doreen hatte mit uns beiden was. Aber wir fanden nichts dabei. Im Gegenteil ... für uns war es die normalste Sache der Welt.«

»Es ist wahr, was er sagt«, bemerkte Doreen. »Wir kannten uns immerhin so lange. Wir wussten alles voneinander, haben uns ständig gegenseitig geholfen, wenn jemand von uns in Schwierigkeiten war. Und das Ganze hat funktioniert. Unsere Freundschaft hat es ausgehalten.«

Rieke nickte nachdenklich. »Aber hat es denn nie so etwas wie Eifersucht unter Ihnen gegeben?«

Die Frage war an Benno Frey gerichtet, der sie sofort aufgriff.

»Wir waren uns von Anfang an einig, dass diese Sache nur funktionieren kann, wenn niemand von uns irgendwelche Besitzansprüche anstellt. Wenn wir die Dinge einfach so passieren lassen, wie sie nun mal geschehen. Und es hat funktioniert.«

»Trotzdem kam es zwischen Frau Junker und Marcel Faber zu einer Verlobung«, sagte Rieke. »Und wenn ich richtig informiert bin, wurde dieses Doppelzimmer auch auf die beiden reserviert, während Sie ein Einzelzimmer haben, Herr Frey.«

»Aber das besagt doch gar nichts«, antwortete er mit einer wegwischenden Handbewegung. »Doreen und ich waren auch schon mal verlobt. Vor ein paar Jahren. Das sind Dinge, die aus einer Sektlaune heraus passieren. Sie haben nichts zu bedeuten. Oder, Dori?«

»Nein.«

Riekes Blick wanderte zu der Frau im Bett. »Dann war es Ihnen also gar nicht ernst damit?«

Doreen blickte für einen Moment an die Zimmerdecke und wirkte seltsam verloren dabei. »Ich glaube, ich habe nicht groß darüber nachgedacht. Vielleicht hatte ich insgeheim einfach nur den Wunsch ...« Sie brach ab. Etwas Feuchtes glitzerte in einem ihrer Augenwinkel.

»Eine Entscheidung zu treffen?«, fragte Rieke sanft. »Um Ihr Leben in geordnete Bahnen zu lenken?«

Doreen antwortete nicht. Sie presste ihre Lippen aufeinander und nahm den Kampf mit ihren Tränen auf, den sie verlieren würde.

»Das ist doch Quatsch!«, entfuhr es Frey. »Das Verhältnis zwischen uns dreien war in Ordnung.« Er wandte sich an die Kommissarin. »Ich weiß schon, was Sie andeuten wollen: Ich hätte einen Hass auf Marcel gehabt, wegen dieser lächerlichen Verlobung oder wegen dieses Zimmers hier. Aber das ist einfach lächerlich. Sag es ihr, Dori. Sag ihr, wie lächerlich das ist.«

Doreen Junker schniefte leise. Sie wischte sich mit ihrem Handrücken die Nässe aus ihrem Gesicht.

»Sie müssen darauf nicht antworten, wenn Sie nicht wollen«, erklärte Rieke mitfühlend. Sie hatte ihre Hand auf den rechten Unterarm der Frau gelegt.

»Schon gut«, sagte Doreen Junker gefasst. »Benno hat ja recht. Die Verlobung war albern. Ich könnte niemals einen der beiden heiraten, weil ich ... weil ich dem jeweils anderen damit wehtun würde. Weil ich damit ein Tabu brechen würde. Eine Regel, die wir nie ausgesprochen haben, die aber immer zwischen uns dreien Bestand hatte.«

»Da haben Sie es«, sagte Frey. »Es gab für mich keinen Grund, auf Marcel wütend oder eifersüchtig zu sein. Nur die Sache mit Thalberg nehme ich Doreen krumm. Allein Doreen wohlgemerkt.«

»Konnte Herr Faber davon wissen?«, fragte Rieke.

Doreen schüttelte den Kopf. »Nein. Das Verhältnis begann erst hier auf der Insel. Nicht einmal Benno wusste es.«

»So enttäuschend das auch ist«, begann Frey, »ich sehe nicht, was diese Affäre – denn nichts anderes ist es – mit Marcels Tod zu tun haben sollte.«

»Wie gesagt«, erinnerte Rieke, »helfen uns Ihre Aussagen, das Bild, das wir von Herrn Faber gewonnen haben, abzurunden. Ich danke Ihnen beiden, dass Sie sich dafür zur Verfügung gestellt haben.«

Die Aussage schien Frey ein wenig zu besänftigen.

»Und wie geht es jetzt weiter?«, wollte er wissen.

Die Kommissarin löste sich von der Wand und strich sich eine rote Haarsträhne aus dem Gesicht.

»Das werden vermutlich die nächsten Stunden entscheiden. Mein Kollege und ich werden Sie jedenfalls weiter auf dem Laufenden halten und Sie beide verständigen, falls sich etwas ergeben sollte.«

Rieke nickte Doreen Junker zu. »Sie ruhen sich jetzt am besten erst mal aus. Die Ereignisse waren vermutlich ein bisschen viel für Sie.«

Doreen nickte dankbar.

Nur wenig später befand Rieke sich wieder auf dem oberen Korridor der Pension. Die Luft war erfüllt von drückender Hitze.

In Gedanken versunken ging sie die Treppe hinunter und durchquerte die Diele. Sie warf noch einen Blick zurück, um festzustellen, ob Schäfer noch immer an der Bar saß, doch sein Hocker war leer.

Draußen in der warmen Nachmittagssonne angekommen, zückte die Kommissarin ihr Handy. Sie hatte Kolbe etwas Dringendes mitzuteilen.

Kapitel 17

»Du hast ihren Koffer durchsucht?«

Kolbe blickte seine Vermieterin mit großen Augen an. Sonnenlicht flutete durch das Küchenfenster auf den Tisch mit den frischen Schnittblumen.

»Durchsucht ist ein ziemlich hartes Wort für das, was ich getan habe«, antwortete Bente etwas kleinlaut. Eine leichte Röte war ihr ins Gesicht gestiegen, und sie wusste nicht, wohin mit ihrem Blick.

»Ach so«, bemerkte Kolbe. »Und wie würdest du es stattdessen nennen?«

»Durchstöbert«, antwortete sie. »Und das habe ich auch nur getan, weil ich eine Maschine mit Weißwäsche anstellen wollte. Ich habe Anneke heute Morgen gefragt, ob sie noch etwas gewaschen haben möchte. Ist ja immer so schwer, eine Maschine mit weißen Sachen vollzukriegen. Es sei denn, ich habe die Tischdecken auf dem Programm. Jedenfalls sagte sie, sie hätte noch zwei weiße Shirts und eine Jogginghose auf den Fußboden neben ihren Koffer gelegt.«

»Was du zum Anlass genommen hast, das Teil zu durchs... durchstöbern.« Ein leises Lächeln zuckte um Kolbes Mundwinkel, als er sah, wie Bente sich wand.

Sie wich seinem Blick aus. »Der Koffer ist aufgeklappt, als ich aus Versehen dagegen gestoßen bin. Und da lag dieser Umschlag ganz obenauf. Er war nicht verschlossen. Am offenen Ende lugte die Ecke eines Geldscheins hervor.«

»Lugte hervor, ja?« Kolbe wandte sich ab, damit sie sein Grinsen nicht sah.

»Es war ein Hunderteuroschein«, sagte sie in beinahe trotzigem Ton. »Und als ich ihn wieder zurückstecken wollte, sah ich, dass da noch andere waren. Ein ganzes Bündel grüner Scheine. Gerret, das sind neuntausendneunhundert Euro!«

»Dann wette ich, dass sie das Geld erst vor Kurzem erhalten und den ersten Schein bereits angebrochen hat.«

Bente Franzen schüttelte langsam den Kopf. »Ich weiß einfach nicht, was ich davon halten soll. Was haben wir uns da nur ins Haus geholt? Erst die Sache mit dem abgebrochenen Studium und jetzt das.«

Kolbe drehte sich um, sah ihr direkt in die Augen. »Aber du bist dir schon sicher, dass diese Frau tatsächlich deine Nichte ist, die Tochter deines verstorbenen Bruders?«

Bentes Augen wurden groß. »Aber ja! Gerret, du denkst doch nicht etwa, dass …« Sie hielt für einen Moment inne, nur um nochmals den Kopf zu schütteln, dieses Mal entschiedener. »Nein, das ist vollkommen ausgeschlossen. Sie ist es. Auch wenn ich sie zuletzt gesehen habe, als sie noch ein kleines Mädchen war.«

»Wenigstens eine Sache, die uns im Augenblick sicher erscheint«, gab Kolbe zurück. »Wo ist sie denn jetzt?«

Bente deutete in Richtung der Küchentür. »Im Wohnzimmer. Ich habe ihr gesagt, dass wir mit ihr reden müssen.«

»Na, dann mal auf ins Gefecht«, sagte Kolbe und ließ seiner Vermieterin den Vortritt.

Anneke Pabst hatte sich quer über einen Sessel gelegt, die Beine über der Lehne baumelnd. Dieses Mal trug sie überdimensional große Kopfhörer, die weit über die Ränder ihrer Ohren hinausragten.

Bente Franzen musste ihrer Nichte winken, um sich bemerkbar zu machen.

Mit einem irritierten, leicht missmutigen Blick schaltete die junge Frau ihre Musik aus.

Für mehrere Sekunden herrschte betretenes Schweigen im Zimmer.

»Was ist?« Anneke setzte sich im Zeitlupentempo aufrecht hin und blickte die beiden Älteren skeptisch an.

»Wir müssen mit dir reden«, machte Bente Franzen den Anfang. »Zum einen über das Studium, das du abgebrochen hast, vor allem aber über das hier.«

Bente zog das zerknitterte braune Kuvert hinter dem Rücken hervor und warf es neben ihrer Nichte auf den Couchtisch. Ein paar Geldscheine rutschten durch den Aufprall heraus und segelten flatternd zu Boden.

Anneke zuckte sichtlich zusammen. Ihr Blick geisterte zwischen den Banknoten am Boden und ihrer Tante hin und her.

»Ich schwöre, ich habe deine Sachen nicht durchsucht«, platzte es aus Bente heraus. »Ich habe nur die weiße Wäsche holen wollen. Aber ich kann jetzt nicht so tun, als hätte ich das da nicht gesehen.«

»Wir müssen dich leider fragen, woher das Geld stammt«, erklärte Kolbe ruhig.

Wieder vergingen Sekunden, in denen niemand sprach.

»Ich habe es gefunden«, antwortete Anneke und wollte sich bereits wieder ihrer Musik zuwenden.

»Ach, komm!«, sagte Bente in einem leicht schärferen Ton. »Wir wissen alle, dass das nicht stimmt. Niemand findet einfach so zehntausend Euro in einem Briefumschlag ohne Absender. Also? Woher stammt es? Hast du es hier auf der Insel bekommen?«

Anneke schüttelte den Kopf, der so rot angelaufen war, dass er Enno Dietz alle Ehre gemacht hätte.

»Wo dann?«, fragte Kolbe.

»Auf dem Festland«, antwortete Anneke. »An der Fähre. Ein Mann hat es mir gegeben.«

»Ein Mann? Was für ein Mann?«

»Er hat mir seinen Namen nicht genannt. Er sagte, der spiele ohnehin keine Rolle.«

»Um Himmels willen«, entfuhr es Bente. »Du kannst doch nicht einfach von irgendwelchen Fremden Geld annehmen.«

Kolbe trat einen Schritt vor und lehnte sich gegen den Wohnzimmerschrank. »Mich würde eher interessieren, was du für das Geld tun solltest.«

»Gar nichts.«

»Red keinen Blödsinn«, entfuhr es dem Kommissar. »Niemand verschenkt zehntausend Euro, ohne dafür eine Gegenleistung zu erwarten. Also … was genau sollst du dafür tun? Oder … hast du es vielleicht schon getan?«

Etwas im Blick der jungen Frau flackerte. Sie sprang aus dem Sessel auf und rannte wild drauflos.

Bente Franzen vertrat ihr den Weg, um sie sanft in die Arme zu nehmen und zum Sessel zurückzuführen. »Jetzt mal ganz ruhig, Anneke. Niemand hier will dir etwas Böses. Ganz im Gegenteil. Wir wollen dir nur helfen. Weil wir nämlich das Gefühl haben, dass du in irgendeine schlimme Sache hineingeraten bist.« Sie strich ihrer Nichte sanft über die Schulter.

»Was immer es ist, du kannst es uns sagen. Und ich verspreche dir, dass wir zusammen nach einer Lösung suchen werden.«

Anneke atmete tief durch. Ihr Blick wanderte zu Kolbe, als benötige sie von seiner Seite ebenfalls eine ähnliche Versicherung.

»Mir könnte das alles im Grunde egal sein«, sagte der Kommissar, »wenn ich nicht nebenbei noch einen Mordfall aufzuklären hätte und du nun mal in gewisser Weise darin verstrickt bist. Du bist die wichtigste Zeugin in dieser Sache. Und plötzlich taucht da ein Umschlag mit Geld auf, von dem wir nichts wissen dürfen.«

Kolbe legte eine kurze Pause ein.

»Anneke, ich muss jetzt von dir wissen, ob das Geld in irgendeinem Zusammenhang mit dem Mord an Marcel Faber steht. Hast du den Mord vielleicht doch beobachtet? Hast du den Täter gesehen und hat dir dieser Mann das Geld dafür gegeben, dass du den Mund hältst?«

Die junge Frau atmete erschrocken ein. Ihr Mund blieb offen stehen, ihr Blick wurde wieder unruhig, fast fiebrig.

»Nein!«, rief sie mit einem Mal. »So war es nicht! Ich habe die Wahrheit gesagt, was den Mord angeht. Und mit allem anderen auch.«

»Du bleibst also dabei, dass dir ein Mann das Geld auf dem Festland, vor Ablegen der Fähre, gegeben hat. Dann bleibt allerdings die Frage, was er von dir verlangt hat. Was sollst du für dieses Geld tun?«

»Ich sollte … ich sollte mich im Zimmer des Professors nach seinen Notizbüchern umsehen. Es war die Rede von einem blauen Buch mit Tagebucheinträgen aus den Achtzigerjahren.«

Kolbe und Bente Franzen wechselten einen ungläubigen Blick miteinander.

»Das Buch, mit dem ich dich letzte Nacht erwischt habe«, stellte Kolbe fest. »Was solltest du damit tun?«

»Wenn ich es habe, soll ich … ich soll damit zu einem Treffpunkt kommen.«

»Welcher Treffpunkt ist das?«

»Die Lale-Andersen-Statue beim Wasserturm. Er hat gesagt, er wartet dort auf mich. Jeden Nachmittag um drei Uhr.«

»Aber seinen Namen hat er dir nicht verraten?«, hakte Kolbe nach. »Er hat nicht etwa den Namen Arnulf Trautner erwähnt?«

Sie schüttelte entschieden den Kopf. »Er hat überhaupt keinen Namen erwähnt. Ich habe ihn auch nicht danach gefragt.«

»Also gut«, sagte Kolbe nach einer Weile. »Deine Geschichte ist immerhin recht präzise, und – was vor allem für dich spricht – ist die Tatsache, dass sie sich mit Ladengasts verrückten Fantasien deckt, die, wie ich jetzt fast annehmen muss, doch keine Hirngespinste sind.«

»Es tut mir leid«, sagte Anneke leise. »Auch das mit dem Studium tut mir leid. Nicht, dass ich es hingeschmissen habe, denn es war echt nicht mehr zum Aushalten, sondern, dass ich dir nichts davon gesagt habe.«

Ihr Blick ging zu ihrer Tante, die sie sanft in den Arm nahm.

»Was immer du für Sorgen hast«, sagte Bente mitfühlend, »wir kriegen das schon hin. Fürs Erste bin ich froh, dass du mit diesem entsetzlichen Mord nichts zu tun hast. Wobei diese andere Sache auch nicht gerade beruhigend klingt. Immerhin denkt Ladengast noch immer, dass dieser Trautner vorhat, ihn umzubringen.«

»Wir kümmern uns um diese Sache«, erklärte Kolbe und deutete auf den braunen Umschlag auf dem Tisch. »Das Geld wirst du allerdings nicht behalten dürfen. Das muss ich leider sicherstellen.«

Anneke nickte. »Aber ich habe schon …«

Kolbe winkte ab. »Den fehlenden Schein werden wir ersetzen. Den kannst du bei deiner Tante im Haushalt abarbeiten.«

Der Kommissar wollte noch eine Bemerkung anfügen, als plötzlich sein Handy zu klingeln begann.

»Das ist Rieke«, sagte er entschuldigend, nahm die Verbindung an und verließ das Zimmer.

»Hey, was gibts?«

Leichte Windgeräusche und helle Stimmen im Hintergrund verrieten, dass seine Kollegin im Freien unterwegs war.

»Ich bin noch mal in der Pension gewesen. Ich habe mich mit Schäfer unterhalten.«

»Und?«

»Er bestätigt im Wesentlichen Krauses Geschichte. Allerdings muss das nichts heißen. Die beiden könnten sich abgesprochen haben.«

»Sehe ich genauso«, antwortete Kolbe.

»Das ist auch nicht der Grund, weswegen ich eigentlich anrufe. Ich war danach nämlich noch bei Doreen Junker auf dem Zimmer. Ich habe mit ihr und mit Benno Frey gesprochen. Die beiden waren gerade erst wieder in die Pension gekommen, weil es Doreen nicht gut ging.«

»Sie ist doch nicht etwa krank?«

»Nein«, antwortete Rieke. »Krank nicht, aber schwanger.«

»Wie bitte?«

Kolbe, der sich gerade eine Flasche Milch aus dem Kühlschrank hatte holen wollen, blieb vor der geöffneten Tür stehen. »Woher weißt du das? Und jetzt komm mir bitte nicht mit weiblicher Intuition oder so was.«

»Die brauchte ich in dem Fall gar nicht. Sie bat mich nämlich, ihr ein Fläschchen mit Tropfen gegen die Übelkeit aus ihrer Handtasche zu geben. Und dabei ist mir das Ultraschallfoto aufgefallen. Es ist von ihrem Frauenarzt und erst ein paar Tage alt.«

»Das ist eine Überraschung.« Kolbe versuchte, sich zu erinnern, was er beim Kühlschrank gewollt hatte, kam nicht drauf und schloss die Tür. »Jetzt stellt sich nur eine Frage …«

»Wer ist der Vater? Nach allem, was mir Doreen Junker und Benno Frey gerade erzählt haben, kommen sowohl Frey als auch Faber in Betracht. Sie hat auf jeden Fall mit beiden geschlafen. Sie hatten eine lupenreine Dreiecksbeziehung.« »Sachen gibts«, sagte Kolbe. Er öffnete den Kühlschrank erneut und griff nach der Milchflasche.

»Trotzdem glaube ich zu wissen, dass Faber der Vater war«, fuhr Rieke fort.

»Woran machst du das fest?« Kolbe nahm sich ein sauberes Glas aus dem Küchenschrank und füllte es halb voll.

»Ich glaube, dass die Schwangerschaft der eigentliche Grund für ihre Verlobung mit Faber war. Außerdem fing sie an zu weinen, als sie von dieser Verlobung gesprochen hat. Ja, ich lege mich auf Faber fest.«

»Das heißt«, sagte Kolbe, nachdem er einen Schluck eiskalte Milch zu sich genommen hatte, »dass wir das Mordmotiv unter Umständen doch noch mal neu durchleuchten müssen.«

»Die drei kennen sich schon seit ihrer Jugend. Und dieses Verhältnis bestand schon seit vielen Jahren. Aber sie hatten immer Regeln. Das haben sie mir gerade erst erzählt. Und die Regeln besagten, dass niemand Besitzansprüche stellen durfte.«

»Was nun aber einer der beiden mit dem Baby gewissermaßen getan hat«, überlegte Kolbe. »Denn zumindest biologisch gesehen, kann nur einer der beiden der echte Vater sein. Und das hätte womöglich das harmonische Dreiecksverhältnis zum Einsturz gebracht.«

»Sehr gut Kolbe«, bemerkte Rieke durch das Telefon. »Das sind genau die Gedanken, die mir auch gerade durch den Kopf gegangen sind.«

»Aber Frey hat ein Alibi«, stellte Kolbe fest. »Er war um die fragliche Zeit mit Doreen Junker im Kellerpool der Pension.«

»Schon. Ich frage mich allerdings, wie viel dieses Alibi jetzt noch wert ist. Frey könnte schon vor seiner Abfahrt nach Langeoog von der Schwangerschaft gewusst haben. Und er wusste von den Tonbändern. Er hat es einkalkuliert, Kolbe. Er hat den Mord begangen und wusste genau, dass wir auf die

Tonbänder als Motiv anspringen würden. Dass die dann auch noch gestohlen wurden, konnte er nicht voraussehen. Aber es hat seinen Plan umso perfekter gemacht.«

Kolbe setzte das leere Glas ab und wischte sich mit der freien Hand über seinen Mund. »Zugegeben, es klingt einigermaßen plausibel. Es wischt aber den durchaus begründeten Verdacht gegen Krause noch nicht weg.«

»Nein, nicht ganz«, antwortete Rieke. »Wenn wir nur wüssten, was mit diesem Dolch ist oder woher er stammt. Man müsste ...«

Kolbe blinzelte irritiert. Er blickte auf das Display seines Handys. »Rieke? Bist du noch dran?«

»Was? Jaja! Mir ist nur eben etwas eingefallen. Warte 'ne Minute. Ich melde mich gleich wieder.«

Noch ehe Kolbe etwas erwidern konnte, hatte seine Kollegin aufgelegt.

***

Rieke Voss war mitten auf der Straße stehen geblieben.

Zwei Radfahrer klingelten um die Wette und umrundeten sie schwungvoll. Die Kommissarin registrierte sie kaum.

Sie starrte auf ihr Handy und wischte in ihren Kontaktdaten herum, bis sie die Nummer gefunden hatte, die sie anwählen wollte.

Das Freizeichen ertönte. Noch einmal. Und wieder.

»Komm schon«, flüsterte sie. »Geh schon ran, verdammt!«

Endlich wurde am anderen Ende abgehoben.

»Firma Gebrüder Kozalla, Entrümpelungen und Haushaltsauflösungen, Udo Kozalla am Apparat?«

»Guten Tag, Herr Kozalla. Hier spricht noch mal Rieke Voss von der Inselpolizei Langeoog. Erinnern Sie sich an mich? Wir haben schon mal miteinander gesprochen!«

»Natürlich. Unsere junge Miss Marple. Na? Wo drückt der jute Schuh denn heute? Ick hoffe, Sie ham nich noch mehr so schlechte Nachrichten uff Laja.«

»Ich habe dieses Mal nur eine ganz kurze Frage an Sie.«

»Na, dann schießen Sie ma los. Ick muss nämlich jleich weiter.«

»Sie haben mir von dem Auftrag in der Mittenwalder Straße 64 erzählt. Die Dachbodenentrümpelung.«

»Na, dit weeß ick doch, wa?«

»Sie haben nebenbei erwähnt, dass Sie an dem Tag zwei Mitarbeiter dort beschäftigt hatten. Marcel Faber war der eine. Wissen Sie zufällig noch den Namen des anderen?«

Ein leises Seufzen in der Leitung.

»Ick hab die Unterlagen jerade erst wechgepackt jehabt. Jetzt komm Se wieder an damit. Kleenet Momentchen, bitte.«

Rascheln.

»Hier hab ick ditte. Watt wolln Sie, den Namen von'n zweeten Mann? Den hab ick hier. War ooch `n Neuer. Ist ooch nich wiederjekomm. Die jungen Leute heute ham alle keen Mumm mehr inne Knochen.«

»Wie lautet der Name, Herr Kozalla?«

»Dit war een jewisser Benno Frey!«

»Sind Sie sicher?«

»Na, ick hab Ihnen ditt doch jerade vorjelesen. Meinen Sie, ick hab Tomaten uff die Oogen oder watt?«

»Eine letzte Frage noch«, bat Rieke.

»Mein Frolleinchen, dit artet awa langsam in Belästijung aus. Ick mache nur eene Ausnahme, weil Sie so ne nette Stimme ham, und nich, weil Sie vonna Polente sind.«

»Ich weiß das sehr zu schätzen«, gab Rieke zurück.

»Und jetze die Fraje!«

»Herr Faber hat bei der Entrümpelung die Tonbänder mitgenommen.«

»Weeß ick doch. Dit war noch keene Fraje.«

»Hat Herr Frey vielleicht auch etwas an sich genommen? Einen Gegenstand oder mehrere vielleicht?«

»Tut mir leid, ditt weeß ick nich mehr jenau. Ick bin ja dann auch jleich nach die Besprechung wieder raus. Aber warten Se mal ...«

»Ja?«

»Beim Rausjehen hab ick noch in eenen Karton rinjeblickt. Da warn`n paar Sachen drin, die sich der andere rausjesucht hat. Also … ick habe nich danach jefracht, wa? Aber annehmen … annehmen tu ick ditt schon.«

»Können Sie sich daran erinnern, was genau in dem Karton war?«

»Jetze, wo Sie ditt sajen … da warn so`n paar Porzellanteile drin. Teller und so`n Jedöns, watt sick die Leute früher übern Kamin jehängt und dann doch nich mehr nach gekiekt haben. Und janz obenauf war so`n … na … so ne Art Messer mit so jeschwungenem Jriff.«

»Ein Dolch vielleicht?«

»Sie nehm ma dit Wort direkt aussm Mund, gnäjes Frollein. Ditt war et. `n Dolch. So'n Kaliber. Ach, ditt könn Se ja jetz jar nich seh'n.«

»Wenn ich Ihnen gleich ein Foto auf Ihr Handy sende – könnten Sie mir dann sagen, ob es der Dolch ist oder nicht?«

»Ick schätze, ditt käme uff een Versuch drauf an.«

Rieke ließ sich die Handynummer des Berliner Unternehmers durchgeben und schickte ihm parallel zu ihrem Telefonat das Foto. Es dauerte einen Augenblick, bis Kozalla es gefunden und vergrößert hatte.

»Und?«, fragte Rieke nach einem Moment des Schweigens. »Können Sie schon etwas sagen, Herr Kozalla?«

»Tschuldijung. Hat watt länger jedauert, wa? Aber ick kann Ihnen sajen, ditt is datt Ding. Jenauso hat et ausjesehen. Ick hab ma noch jedacht: Watt will der Bursche mit dem jefährlichen Ding? Hab mir dann awa rausjehalten ausse Sache. War ditt falsch?«

»Nein«, antwortete die Kommissarin. »Sie haben alles richtig gemacht. Vor allem danke ich Ihnen für Ihre Mithilfe in diesem Fall.«

»Jern jeschehen. Und wenn Se noch watt wissen woll'n: Meene Nummer ham Se ja.«

Rieke bedankte sich nochmals und legte hastig auf.

Nahezu sofort rief sie ihren Kollegen an, der bereits nach dem ersten Läuten dranging.

»Kolbe? Ich glaube, wir haben ihn.«

Kapitel 18

Als die beiden Inselkommissare in der Pension von Frau Westermann eintrafen, fanden Sie Doreen Junker allein in ihrem Zimmer.

Sie hatte geschlafen, wie sie berichtete. Und nein, sie habe keine Ahnung, wohin Frey gegangen sei.

»Er wird ganz sicher gleich zurückkommen«, ergänzte sie, während sie sich auf die Bettkante setzte.

»Frau Junker«, begann Kolbe sachlich, »wir müssen mit Ihnen noch einmal über die Tatzeit sprechen. Siebzehn Uhr gestern Abend.«

Sie sah den Kommissar irritiert an. »Was ist damit? Wir haben Ihnen doch schon gesagt, dass wir um diese Zeit beide zusammen im Pool waren. Unten im Keller.«

»Ist außer Ihnen und Herrn Frey noch jemand dort gewesen, der Ihre Aussagen bestätigen könnte? Frau Westermann vielleicht? Oder ein anderer Gast?«

»Nein«, gab Doreen verwundert zurück. »Was sollen denn diese Fragen?«

»Es sind ein paar neue Gesichtspunkte aufgetaucht, die wir überprüfen müssen«, erklärte Rieke. »Deswegen ist es wichtig, dass Sie uns den genauen Ablauf schildern. Woher wussten Sie übrigens so genau, dass es siebzehn Uhr war, als sie schwimmen waren? Gibt es da unten eine Uhr?«

»Nein. Benno war im Pool und ich auf der Liege davor. Er fragte mich, wie spät es sei.«

»Er hat Sie gefragt?«, hakte Kolbe nach. »Warum?«

»Na, weil doch um siebzehn Uhr seine Ticketversteigerung im Internet anfing. Ich sah auf meine Armbanduhr, die bei meiner Kleidung lag und sagte ihm, es sei fünf Minuten vor fünf. Daraufhin bekam er es mit einem Mal sehr eilig, hat sich seine Sachen geschnappt und ist nach oben gerannt.«

»Und Sie?«, fragte Kolbe.

»Ich bin noch mal ins Wasser und habe ein paar Runden gedreht.«

Kolbe blickte auf das Handgelenk der blonden Frau.»Ist das die besagte Armbanduhr?«

Sie sah den Beamten mit fragendem Ausdruck an.»Ja, das ist sie.«

»Eine Damenuhr mit verstellbaren Zeigern.«

»Gefällt Sie Ihnen nicht?«

Kolbe überhörte die Frage.»Frau Junker, denken Sie bitte einmal ganz genau nach. Denken Sie an den Augenblick, in dem Herr Frey Sie fragte, wie spät es ist. Sie sagten ihm die Uhrzeit. Und dann? Was genau ist dann passiert?«

»Wofür ist denn das so wichtig?«

»Bitte versuchen Sie nur, sich zu erinnern«, ermahnte der Kommissar.»Jedes noch so kleine Detail könnte wichtig sein.«

Doreen Junker rollte mit den Augen. Sie holte tief Atem und konzentrierte sich.»Ich stand von meiner Liege auf, während Benno aus dem Wasser kam. Wir trafen uns sozusagen auf halbem Weg. Er erzählte mir das von seinen Tickets und ich antwortete irgendwas Belangloses. Ich weiß nicht mehr, was es gewesen ist. Daraufhin stieg ich in den Pool und drehte mich noch mal zu ihm um, weil ich ihm zum Abschied zuwinken wollte.«

»Und was hat Herr Frey in diesem Augenblick getan?«

»Er stand vor einer der beiden Liegen.«

»Welcher Liege?«, beharrte Kolbe.»Seiner oder Ihrer?«

»Er stand vor …« Sie hielt kurz inne. Dabei veränderte sich ihr Gesichtsausdruck leicht. Ein Zeichen der Irritation war erkennbar, es schien ihre Züge nach und nach auszufüllen.

»Er stand vor meiner Liege«, sagte sie leise.»Er beugte sich darüber. Ich konnte nicht erkennen, was er da tat, weil er mir den Rücken zugedreht hatte. Ich glaube, ich rief sogar noch so etwas wie: ›Falsche Seite, Benno!‹ Dann habe ich mich umgedreht und bin geschwommen.«

»Und Herr Frey?«

»Ist rüber zu seiner Liege, hat seine Sachen genommen und ist damit rausgegangen.«

»Alles klar.«

»Finden Sie?«, fragte Doreen. »Für mich wird irgendwie alles immer verworrener. Was sollte diese ganze Fragerei nach der Uhr und allem?«

Kolbe sah sie ernst an. »Ich halte es für möglich, dass Herr Frey ihre Armbanduhr in einem früheren Augenblick vorgestellt hat. Sicherlich nicht viel. Ich nehme mal an, um eine halbe Stunde vielleicht.«

»Aber wozu? Warum hätte er das tun sollen?«

»Um genau die Szene, die Sie uns eben geschildert haben, heraufzubeschwören. Sie sollten sich daran erinnern, dass Sie ihm die Uhrzeit genannt haben. Siebzehn Uhr. Weil Sie sein einziges Alibi sind.«

»Ach du Schande«, flüsterte Rieke. »Ich begreife, worauf du hinauswillst. Zu dem Zeitpunkt war es nicht kurz vor siebzehn Uhr, sondern vielleicht erst halb fünf. Frau Junker würde aber jederzeit Stein und Bein schwören, dass es später war. Und damit war klar, dass Benno Frey nicht um siebzehn Uhr am Bahnhof gewesen sein konnte. Wenn er aber die Uhr in einem unbedachten Moment vorgestellt hat, dann hätte er alle Zeit der Welt gehabt.«

»Aber natürlich musste er zuvor die Uhr wieder auf die richtige Zeit einstellen. Deswegen hat er sich kurz vor dem Verlassen des Kellerpools über Ihre Liege gebeugt, Frau Junker. Er hat die richtige Zeit wieder eingestellt und dabei darauf gehofft, dass Sie noch eine Weile schwimmen würden und darüber vielleicht die Zeit vergessen oder nicht allzu genau darauf achten.«

»Was ja scheinbar auch funktioniert hat«, fügte Rieke hinzu.

Doreen Junker saß still da. Ihre Haut war blass geworden.

»Sie wollen damit sagen, dass es Benno war? Benno ist zum Bahnhof gegangen und hat Marcel ... umgebracht?«

»Halten Sie das für so abwegig?«, fragte Rieke sanft.

Es kam keine Antwort.

Rieke Voss suchte den Blickkontakt mit ihr.

»Sie baten mich heute, etwas aus Ihrer Handtasche zu nehmen. Dabei habe ich die Aufnahme von der

146

Ultraschalluntersuchung gesehen. Sie sind schwanger, Frau Junker.«

Die Angesprochene presste ihre Lippen aufeinander und nickte zweimal.

»Wissen Sie, wer der Vater ist?«

Wieder ein Nicken. »Es ist Marcel. Nur er kommt infrage.«

»Weiß Benno Frey von dieser Schwangerschaft?«, fragte Kolbe.

»Nein. Ich habe es ihm nicht erzählt. Nicht einmal Marcel wusste bisher davon.«

»Aber es ist nicht ausgeschlossen, dass Frey davon erfahren haben könnte«, sagte Rieke. »Er könnte es auf dieselbe Weise wie ich erfahren haben. Immerhin liegt die Aufnahme schon ein paar Tage zurück. Fast eine ganze Woche.«

Doreen Junker wollte etwas erwidern, doch es verschlug ihr die Stimme. Sie vergrub ihr Gesicht in den Händen und schluchzte leise.

Genau in diesem Augenblick öffnete sich die Zimmertür. Benno Frey tauchte auf der Schwelle auf. Er hielt zwei braune Papiertüten in der Hand, aus denen sich rasch der Geruch von warmem Essen verbreitete.

»Dori, ich habe uns was …«

Blicke begegneten sich. Was auch immer in denen der Inselkommissare geschrieben stand, Frey erkannte es und er wusste es in diesem Sekundenbruchteil richtig zu deuten.

Er ließ beide Tüten gleichzeitig zu Boden fallen, machte auf dem Absatz kehrt und rannte auf den Korridor hinaus.

Kolbe und Voss setzten dem Fliehenden sofort nach. Sie sprangen über die Tüten hinweg und waren im nächsten Augenblick auf dem Gang.

Frey eilte bereits mit riesigen Sätzen die Stufen hinunter und geriet dadurch für einen Moment aus ihrem Sichtfeld.

Kolbe war mit wenigen Schritten bei der Treppe und jagte hinterher.

Hastige Schritte in der Diele. Freys Absätze hämmerten über den Fußboden. Eine Tür wurde aufgerissen.

Kolbe sprang die letzten fünf Stufen hinunter, wäre beinahe ausgeglitten, fing sein Gewicht jedoch rechtzeitig wieder ab.

Ein Aufschrei hinter ihm. Frau Westermann tauchte wie ein blasses Gespenst aus einer der angrenzenden Türen auf.

Kolbe hörte, wie Rieke ihr irgendetwas im Vorbeilaufen zurief. Dann war er bereits im Freien.

Der Jakob-Pauls-Weg. Frey hatte sich nach rechts gewandt und hastete bereits auf die breite Hafenstraße zu, die parallel zu den Bahnschienen verlief.

Frey war schnell, doch Kolbe war fest entschlossen, sich nicht abhängen zu lassen. Ein Stück weit hinter ihm war Rieke, die zur Stelle sein konnte und auch würde, sollte er in Schwierigkeiten geraten.

Die Hafenstraße herunter, an der Einmündung zum Süderdünenring vorbei.

Als wäre es blanke Ironie, näherte sich der Langeoog-Express über die Schienen und zog gemächlich an ihnen vorüber. Kolbe glaubte sogar, das Gesicht von Hinnerk Jensen hinter der breiten Windschutzscheibe zu erkennen.

Mit einem Mal tat Frey etwas Unvorhergesehenes. Er bog abrupt nach links ab, den kleinen Bahnwall hinauf und setzte kurz hinter dem letzten Wagen des Zugs mit einem gewaltigen Satz über die Schienen hinweg.

Er musste wohl eingesehen haben, dass sich die schnurgerade verlaufende und lang gezogene Hafenstraße nur sehr bedingt für eine Flucht eignete.

Kolbe erkannte den Verdächtigen, wie er einen Grünstreifen hinter sich ließ und schließlich in Richtung einer dicht bewachsenen Fläche rannte.

Der Kommissar stieß im Laufen einen leisen Fluch aus. Ob der Kerl vorhatte, sich irgendwo zwischen den Bäumen zu verstecken? Das erschien ihm vollkommen sinnlos.

Vielleicht folgte der Flüchtende auch gar keinem Plan. Möglich, dass er nur ein vom reinen Fluchtinstinkt Getriebener war, und kurz davor, in eine handfeste Panik zu verfallen.

Kolbe brach durch ein Gebüsch, jagte weiter, um den Mann nur nicht aus den Augen zu verlieren. Noch war es Frey jedenfalls nicht gelungen, seinen Abstand zu vergrößern.

Der Kommissar blieb dran. Er leistete sich sogar den Luxus, kurz über seine linke Schulter zu blicken. Er registrierte Rieke etwa zehn oder zwölf Meter hinter sich.

Ein Motorengeräusch riss Kolbe aus seinen Überlegungen. Als er seinen Kopf anhob, erkannte er am Himmel ein Privatflugzeug, das bereits zur Landung angesetzt hatte.

Der Flughafen!

Was um alles in der Welt hatte Frey vor?

Kolbe versuchte, seine Schritte zu beschleunigen. Der Schweiß strömte ihm längst aus allen Poren. Er holte auf. Vielleicht bekam Frey allmählich Probleme mit seiner Kondition. Der Mann hetzte über die Fahrbahn, zwischen den seitlich geparkten Flugzeugen hindurch. Gut drei Dutzend Maschinen warteten dort auf ihren nächsten Einsatz.

Doch Frey schien sich für keine davon zu interessieren. Er rannte einfach immer weiter, bis auf die Landebahn hinaus.

Die sich nähernde Maschine befand sich bereits im Sinkflug. Vermutlich würde sie nur noch wenige Sekunden bis zum Aufsetzen auf der Landebahn benötigen.

Benno Frey rannte direkt auf sie zu!

»Halt!«, brüllte Kolbe und wusste im selben Augenblick, dass es sinnlos war, sich bemerkbar machen zu wollen.

Ein leises Quietschen von Gummi. Das Flugzeug setzte auf und schnellte dem Mann auf der Fahrbahn entgegen.

Frey war stehen geblieben. Er beugte seinen Oberkörper nach vorn und stützte sich mit den Händen auf seinen Knien ab. Vermutlich versuchte er verzweifelt, zu Atem zu kommen.

Die Maschine jagte weiter die Landebahn entlang und verlangsamte sich dabei scheinbar nur unwesentlich.

Frey sah ihr entgegen, machte jedoch keinerlei Anstalten, zur Seite zu weichen.

Kolbe legte noch einmal an Tempo zu. Seine Absätze erzeugten harte Geräusche auf dem Asphalt.

Vielleicht trennten ihn noch dreißig Meter von seinem Ziel.

Benno Frey hatte sich inzwischen wieder aufgerichtet. Er streckte sein Kreuz durch und sah zur zweimotorigen Cessna, die nun mit eindeutigen Bremsgeräuschen auf ihn zuhielt.

Der Kommissar keuchte, holte noch einmal alles aus seinen bereits schmerzenden Beinmuskeln heraus. Der Abstand zum Flüchtenden, der dieser Bezeichnung im Augenblick kaum Ehre machte, schmolz rasch.

Von der anderen Seite der Landebahn näherte sich das kleine Flugzeug, viel zu schnell, um jetzt noch den Kurs zu ändern. Möglicherweise war es auch bereits zu spät, die Maschine noch einmal hochzuziehen.

Kolbe rannte und stieß sich schließlich mit beiden Beinen ab. Mit einem gewaltigen Satz flog er auf Frey zu, bekam ihn bei den Schultern zu fassen und riss ihn noch im Fallen zur Seite.

Das Flugzeug jagte mit einem pfeifenden Geräusch an ihnen vorbei, die Landebahn hinunter.

Erstaunlich war, dass Frey zu diesem Zeitpunkt bereits kaum noch Gegenwehr leistete. Vielleicht hatte er noch gar nicht registriert, dass er dem sicher geglaubten Tod entronnen war.

Kolbe packte den Mann und riss ihn in die Höhe. Atemlos standen sie sich gegenüber, keiner von ihnen fähig, ein Wort zu sprechen.

Der Kommissar starrte den anderen an. Freys Blick war leer, ohne jegliche Gefühlsregung, beinahe tot.

»Was haben Sie sich eigentlich dabei gedacht?«, presste Kolbe hervor, als es ihm seine Atmung wieder erlaubte.

»Ich wollte nur … dass es endlich vorbei ist«, sagte Frey leise, halb übertönt durch den noch immer röhrenden Motor der inzwischen zum Stillstand gekommenen Maschine.

Es sollten für längere Zeit, über viele Stunden hinweg, bis zur Abgabe seines Geständnisses, seine letzten Worte bleiben.

Als Rieke Voss nur wenig später den Ort erreichte, ließ sich der Tatverdächtige widerstandslos in Handschellen legen.

»Du hattest recht«, sagte Kolbe mit einem leicht verzerrten Lächeln. »Wir haben ihn.«

Kapitel 19

Im Nachgang ereigneten sich zwei Dinge, die mit diesem Fall in Verbindung standen.

Am frühen Abend, kurz vor Ablegen der letzten Fähre, erhielt die Dienststellenleiterin Gesa Brockmann Besuch von einer aufgebrachten Juliette Thalberg.

Die Frau legte eine Beschwerde über die beiden Inselkommissare ein, die selbst nach Einschätzung der Chefin vollkommen grundlos und an den Haaren herbeigezogen war. Juliette Thalberg reklamierte nicht nur das entgangene Geschäft ihres Mannes, sondern auch die Tatsache, dass sie beide durch den bevorstehenden Artikel eines gewissen Tom Schäfer in Misskredit geraten würden. Es sei die Aufgabe der Polizei gewesen, zu verhindern, dass diese Informationen in Umlauf gerieten. Was auch immer Juliette Thalberg an diesem frühen Abend vorbrachte, war zu vernachlässigen, denn der eigentliche Zweck ihres Besuchs in der Dienststelle sollte sich wenig später an Bord der Fähre herauskristallisieren.

Das Festland war bereits in Sicht, als sich Juliette Thalberg zu ihrem Mann gesellte, der an der Reling stand und mürrisch in die Richtung blickte, in der Langeoog lag.

»Ich dachte, du wolltest nicht mehr mit mir reden«, sagte er, als er die Person neben sich registrierte.

»Will ich auch nicht. Was es noch zu bereden gibt, werden unsere Anwälte unter sich ausmachen. Und ich kann dir versprechen, dass es nicht billig für dich wird.«

»Was ich mir schon gedacht habe«, gab Thalberg zurück.

Die ehemalige Schlagersängerin sah ihren Mann mit einem belustigten Ausdruck an.

»Möchte nur mal wissen, was dich so freut«, maulte der Musikproduzent. »Ist es die Tatsache, dass du dich endlich zur Scheidung durchgerungen hast?«

Sie nickte. »Das und natürlich der Umstand, dass dir das vermeintlich große Geschäft in letzter Sekunde geplatzt ist.«

»Ich kann warten«, antwortete er gelassen, während er auf die Gischt im Fahrwasser der Fähre hinunter blickte.

»Die Polizei wird die Tonbänder vielleicht sogar schneller als vorgesehen freigeben. Jetzt, wo sich offenbar herausgestellt hat, dass sie mit dem Mordfall nichts zu tun hatten.«

»Vielleicht«, sagte Juliette und lächelte ihren Mann hintergründig an. »Wenn die Polizei dazu noch in der Lage ist.«

»Was soll das heißen?«, fragte er, ohne sie dabei anzusehen. Sie öffnete ihre Handtasche. »Du hast doch heute Morgen mit dieser Frau Brockmann von der Polizei gesprochen. Du wolltest unbedingt wissen, was mit den Bändern passiert. Und sie sagte so etwas wie … dass sie bis auf Weiteres erst mal in ihrem Schreibtisch bleiben, bis der Fall endgültig zu den Akten gelegt wird.«

»Wozu, verdammt, erzählst du mir das alles?«

»Weil ich vorhin dort gewesen bin. Ich habe mit Hauptkommissarin Brockmann gesprochen.«

Ein kurzer Seitenblick in ihre Richtung. »Du? Was um alles in der Welt sollte das? Hast du etwa gedacht, dass sie dir die Bänder gibt? Juliette, du bist und bleibst ein naives Huhn.«

»Natürlich habe ich nicht angenommen, dass sie mir die Tonbänder einfach so herausgibt. So dumm bin nicht mal ich, Mario.«

»Was dann?«, schnappte er. »Was zum Henker versuchst du mir da eigentlich mitzuteilen?«

»Dass ich sie mir einfach genommen habe, diese Tonbänder. Frau Brockmann hat dich jedenfalls nicht angelogen. Sie waren in ihrem Schreibtisch. In der untersten Schublade. Da wo du sonst immer deine Witze her hast.«

Thalbergs Augen wurden groß, als Juliette mehrere alte Tonbänder aus ihrer Tasche zog und sie ihm vor die Nase hielt.

»Das … das glaube ich jetzt nicht«, presste er hervor. Sein Gesicht hellte sich auf. Wo eben noch Frust und Ärger herrschten, stahl sich jetzt ein breites Grinsen in seine Züge.

»Wie um alles in der Welt hast du das bloß gemacht?«

Sie schürzte ihre Lippen, beinahe so, als würde sie ihn küssen wollen, was jedoch definitiv nicht in ihrer Absicht lag.

»Im Nachhinein war es ziemlich einfach. Und ich gebe zu, ein wenig Glück war auch dabei. Diese Frau Brockmann erhielt einen dringenden Anruf auf ihrem Handy und bat mich, kurz in ihrem Büro auf sie zu warten. Während sie auf dem Korridor auf und ab lief, habe ich die Gelegenheit genutzt, mich ein wenig umzusehen. Im Schreibtisch bin ich schließlich fündig geworden. Ich habe die Bänder in den Leinenbeutel gesteckt, den ich vorsorglich dabeihatte.«

Thalberg stieß ein glucksendes Lachen aus.

»Liebling, das ist ja … geradezu fantastisch! Filmreif! Absolut filmr…«

Juliette holte aus und warf die Spulen in einem weiten Bogen über Bord. In einem der herabfallenden Bänder verfing sich der schneidende Wind und ließ das Band für mehrere Sekunden lautstark flatternd über dem Meer schweben, bevor alles miteinander in den Fluten versank.

Juliette Thalberg knipste ihre Handtasche zu und schenkte ihrem Mann einen letzten, leicht verächtlichen Blick. Um ihre Mundwinkel zuckte es leicht.

»Jetzt ist zwischen uns alles gesagt.«

Sie klopfte ihm auf die Schulter, wandte sich ab und ging.

Kapitel 20

Der folgende Tag präsentierte sich wiederum mit strahlendem Sonnenschein und einem azurblauen Himmel, an dem sich nicht einmal ein paar Quellwölkchen sehen ließen.

Langeoog war gut besucht, an den Strandabschnitten tummelten sich die Feriengäste und Tagestouristen. Andere wiederum waren unterwegs, um die Insel per Fahrrad oder zu Fuß zu erkunden.

Am Wasserturm herrschte buntes Treiben, genauso wie auf dem Platz davor. Aus der Menge ragte die bronzene Statue der Lale Andersen, gelehnt an eine Laterne.

Es war kurz nach fünfzehn Uhr. Anneke Pabst wartete bereits seit etwa zehn Minuten vor dem Denkmal. Sie hielt ein blaues Notizbuch in Händen und ging damit langsam auf und ab, ohne sich dabei jedoch mehr als zwei Meter von der Stelle zu entfernen.

Die beiden Inselkommissare hielten sich weitestgehend verborgen, jedenfalls so weit, wie es das Areal zuließ. Rieke Voss hatte sich in eines der Ladengeschäfte zurückgezogen. Halb verdeckt von einem Drehständer mit Ansichtskarten blickte sie immer wieder durch das Schaufenster nach draußen.

Gerret Kolbe hatte sich eine Kappe und eine Sonnenbrille aufgesetzt und hielt sich mit einer Flasche Wasser, aus der er von Zeit zu Zeit einen Schluck nahm, im Hintergrund. Er hatte sich zu einer Gruppe von Touristen gestellt, deren Guide gerade ein paar Worte über die Statue der einst so berühmten Schlagersängerin verlor.

Die Minuten verstrichen. Kolbe bemerkte, wie Anneke Pabst langsam ungeduldig wurde. Sollte sie der Unbekannte versetzt haben?

Inzwischen war es zwanzig Minuten nach drei geworden. Kolbe signalisierte Anneke, noch ein wenig durchzuhalten.

Als es halb vier wurde, war allen Beteiligten klar geworden, dass nichts mehr geschehen würde.

Alles deutete darauf hin, dass Arnulf Trautner, falls er wirklich der unbekannte Mann gewesen war, sein Interesse verloren hatte oder einfach nur Vorsicht walten ließ.

Anneke gesellte sich zu Bente Franzen, die in einem der nahe gelegenen Lokale auf sie wartete.

Die Inselkommissare blieben allein am Denkmal zurück.

»Leider ein Reinfall«, sagte Kolbe mit einem Schulterzucken. Rieke, die es noch immer nicht lassen konnte, Ausschau zu halten, verzog die Mundwinkel. »Man kann wohl nicht alles haben. Falls dieser Mann wirklich noch auf der Insel ist und dem Professor ans Leder will, werden wir wohl nach ihm Ausschau halten müssen.«

Kolbe ließ seinen Blick über die Menge schweifen. »Möglich, dass uns dieses Thema noch etwas länger beschäftigen wird. Könnte nicht schaden, die Chefin darüber zu informieren.«

»Sie hat im Augenblick noch andere Sorgen«, antwortete Rieke und hatte Mühe, ein Grinsen zu unterdrücken. »Ich glaube, sie hat vor Wut in die Tischkante gebissen, als sie gemerkt hat, dass die Tonbänder weg waren.«

Kolbe nickte nachdenklich. »Einfach ins Meer geworfen. Als hätte es sie nie gegeben. Gut, dass ein aufmerksamer Fahrgast den Vorfall gemeldet hat, sonst hätten wir lange danach suchen können.«

»Die Kollegen vom Festland kümmern sich um Juliette Thalberg. Könnte eine teure Nummer für sie werden.«

»Die Aufnahmen wird alles nicht zurückbringen«, sagte Kolbe.

Die Inselkommissare drehten sich zur Lale Andersen um.

»Kannst du uns nicht sagen, was denn nun wirklich auf diesen verflixten Tonbändern drauf gewesen ist?«

Erwartungsgemäß blieb Lale Andersen stumm. Dafür lächelte sie geheimnisvoll. So wie sie es immer schon getan hatte.

- E N D E -

Ostfrieslandkrimi-Empfehlungen
des Klarant Verlages

Kennen Sie auch schon die ersten Bände der Ostfriesland-krimi-Serie »**Die Inselkommissare**« von **Marc Freund**?

Ihren Dienst auf Langeoog beginnen die Inselkommissare Gerret Kolbe und Rieke Voss am gleichen Tag – und bekommen sich erstmal gewaltig in die Haare! Doch sie raufen sich zusammen. Gerret Kolbe, der erfahrene Ermittler aus der Großstadt, der auf die vermeintlich friedliche ostfriesische Insel versetzt wird. In seine alte Heimat, die er aber schon als kleines Kind verlassen hat. Und Rieke Voss, die waschechte Ostfriesin und frischgebackene Kommissarin aus Wittmund. Gemeinsam lösen Kolbe & Voss spannende Mordfälle auf Langeoog und im unmittelbaren Umfeld der Nordseeinsel.

In der Serie sind bereits folgende Ostfrieslandkrimis erschienen:

»Langeooger Schampus«, Band 1
Taschenbuch-ISBN: 978-3-96586-243-2
eBook-ISBN: 978-3-96586-244-9

Die neuen Langeooger Inselkommissare Gerret Kolbe und Rieke Voss haben ihren ersten grausigen Mordfall zu lösen. Die Spur führt zu ausschweifenden Partys auf der ostfriesischen Insel, bei denen der Schampus in Strömen fließt …
Doch zunächst beginnt der Fall mit einer Vermisstenmeldung: Kurz vor der geplanten Abreise stellt der Langeoog-Urlauber Hajo Scholten schockiert fest, dass seine Frau Marianne und der zehnjährige Sohn Marten plötzlich spurlos verschwunden sind. Die handschriftliche Notiz »Es tut mir leid« ist alles, was ihm bleibt.
Die Kommissare Gerret Kolbe und Rieke Voss sind sich schnell sicher, dass etwas Furchtbares geschehen sein muss.

Und tatsächlich lässt ein Leichenfund nicht lange auf sich warten. Die Ermittlungen führen zu einem geheimnisvollen Waldhaus. Offenbar nahm Marianne Scholten hier abends an dekadenten Partys teil, bei denen die attraktive junge Frau sich nur »Mary Ann« nannte. Hat einer der Partygäste im Champagner-Rausch die Kontrolle verloren? Oder steckt in Wirklichkeit etwas ganz anderes dahinter? Auch Hajo Scholten selbst macht sich nämlich durch widersprüchliche Angaben verdächtig. Irgendetwas ist auf der idyllischen Nordseeinsel völlig aus dem Ruder gelaufen …

»Langeooger Gier«, Band 2
Taschenbuch-ISBN: 978-3-96586-271-5
eBook-ISBN: 978-3-96586-272-2

»Langeooger Zwielicht«, Band 3
Taschenbuch-ISBN: 978-3-96586-338-5
eBook-ISBN: 978-3-96586-339-2

»Langeooger Mörder«, Band 4
Taschenbuch-ISBN: 978-3-96586-393-4
eBook-ISBN: 978-3-96586-394-1

»Langeooger Blut«, Band 5
Taschenbuch-ISBN: 978-3-96586-510-5
eBook-ISBN: 978-3-96586-511-2

»Langeooger Rache«, Band 6
Taschenbuch-ISBN: 978-3-96586-587-7
eBook-ISBN: 978-3-96586-588-4

»Langeooger Leiche«, Band 7
Taschenbuch-ISBN: 978-3-96586-672-0
eBook-ISBN: 978-3-96586-673-7

»Langeooger Spuk«, Band 8
Taschenbuch-ISBN: 978-3-96586-713-0
eBook-ISBN: 978-3-96586-714-7

»Langeooger Legende«, Band 9
Taschenbuch-ISBN: 978-3-96586-868-7
eBook-ISBN: 978-3-96586-869-4

»Langeooger Juwelen«, Band 10
Taschenbuch-ISBN: 978-3-96586-958-5
eBook-ISBN: 978-3-96586-959-2

»Langeooger Geheimnisse«, Band 11
Taschenbuch-ISBN: 978-3-68975-071-8
eBook-ISBN: 978-3-68975-072-5

Klarant Verlag

Lernen Sie die Ostfrieslandkrimi-Titel des Klarant Verlages kennen und besuchen Sie uns im Internet unter:

www.ostfrieslandkrimi.de

und

www.klarant.de

Sie können dort Näheres über unsere Autorinnen und Autoren erfahren, viele weitere interessante Bücher und eBooks finden und Leseproben herunterladen. Mit dem kostenlosen Newsletter erhalten Sie aktuelle Informationen rund um das Verlagsprogramm, wie beispielsweise spannende Neuerscheinungen und Gewinnspiele.